IMPULSIVOS

Lucas Doa

Contents

Prólogo 1

1. 1 3

2. 2 11

3. 3 18

4. 4 26

5. 5 34

6. 6 42

7. 7 51

8. 8 58

9. 9 68

10. 10 75

11. 11 87

12. 12 95

13. 13 103

14. 14 113

15. 15 122

16. 16 131

17. 17 140

18. Epílogo 146

Prólogo

Desde bien pequeña había sido una niña muy inquieta. No era capaz de quedarme mucho rato en el mismo sitio haciendo una cosa, no pensaba ni un poco antes de decir o hacer las cosas, cuando comenzaba a hacer una cosa casi nunca la terminaba... Mis padres creían que simplemente era rebelde y lo único que hacían era gritarme cosas como:

——¡Estate quieta!

——¡Presta atención a lo que te estoy diciendo!

Tanto ellos como los profesores me tenían como un caso perdido. Y hasta yo llegué a creerlo. No era capaz de concentrarme en algo más de unos pocos minutos y eso hacía que siempre acabara castigada o suspendiendo mis exámenes. Si no fuera por mi hermana melliza, Susanne, no sé qué sería de mí.

Teníamos doce años cuando, por su cuenta, averiguó que una pedagoga podría ayudarme en vez de gritarme que estuviera quieta y que me concentrara. Le escribió un e-mail como si fuera una madre preocupada y, gracias a las faltas de ortografía, la doctora Martínez supo al instante que se trataba de una niña de muy corta edad.

La doctora Martínez se presentó a la puerta de casa un lunes a las cinco de la tarde después de que mi hermana le diera la dirección. Y habló con mis padres.

Que mis padres por fin se animaran a que fuera a un especialista y que me detectaran déficit de atención e hiperactividad (moderada), no ayudó mucho tampoco. Dejaron de gritarme para tratarme como si fuese tonta, como si me faltaran cuatro tornillos a cada lado de la cabeza. Me llevaban a clases de repaso que no me hacían ni un poco de falta, pidieron al colegio que me adaptaran los exámenes para "gente con pocas capacidades"...

Menos mal que en la familia había alguien cuerdo aparte de mi hermana melliza. Mi abuela Mary. Cielo santo, le debo la vida y mi integridad mental a esa mujer. Gracias a ella mis padres dejaron de tratarme como un bicho, incluso accedieron a que fuera a la universidad. ¡A la universidad!

Pero ya sabía yo que no todo era tan bonito e ideal. Eligieron mi carrera y mi futuro trabajo. No me puedo quejar demasiado porque, realmente, la carrera era algo que me gustaba (periodismo) y el trabajo era en la revista de la familia, "Century California", como redactora de la columna juvenil y la de literatura. Todo eso para mantenerme vigilada.

Había pocas cosas que lograban mantenerme estable y que no me hacían sentir un estorbo: los libros, mi abuela Mary, la doctora Martínez, mi hermana melliza y él, Alexander Dawson.

1

¿Sabéis esa sensación de que algo está yendo mal pero no sabes ver qué es exactamente? Te pasas horas, días o semanas pensando y buscando qué es lo que te está causando esa inquietud, pero aparentemente todo está normal. Es una sensación horrorosa, incómoda...

Pues esa misma sensación había tenido yo los últimos cinco días. No sé porque pero mi cuerpo me decía que algo iba mal. No en mí. O quizás sí. No supe que era hasta hace diez minutos.

——¡Ojalá te salga un herpes en el pene! ——grito lanzando por el balcón la maleta del que hasta hace once minutos era mi novio——. ¡Ojalá te la tengan que cortar y no puedas volver a follar en tu puta vida!

——¡Estás loca!

——¡¿Loca yo?! Vas a saber qué es estar loca ——exclamo mientras cojo la ropa que he metido dentro de una bolsa de basura hace un minuto.

Shane me mira desde la calle mientras recoge las cosas que he tirado a la calle desde mi precioso departamento en un tercer piso. Sus cosas. En vez de tirarle la bolsa con la ropa, empiezo a lanzar las cosas una por una. Un par de calzoncillos por aquí, un polo por allá, una sudadera por el otro lado... Intento dejar los pantalones por lo último, así dura más tiempo semidesnudo.

——¡Beth, me cago en todo, joder!

——Sí, sí. Te lo hubieses pensado antes de meter el pene donde no debías, pedazo de gilipollas.

Cuando me canso de lanzar las prendas una a una, lanzo la bolsa entera. Le lanzo el anillo "carísimo" que me regaló por mi cumpleaños, el cual empezaba a dejarme una asquerosa marca verde en el dedo ——señal de que no era tan caro—— y se lo lanzo. Aish, casi. La tarde hubiese acabado de maravilla si le hubiese dado en la cabeza.

——Estás loca de remate, joder, de psiquiátrico.

——Mejores personas me han llamado peores cosas ——digo mirándolo todo lo mal que puedo y mi cuerpo me permite——. Que te den, imbécil.

Entro en mi salón del departamento en el que llevo viviendo solo dos años y suspiro sonoramente. Cierro la puerta del balcón y me apoyo de espaldas en ella.

Dos años de relación tirados a la basura por una infidelidad. Ahora mismo no sé como sentirme porque, realmente, llevaba semanas queriendo dejar a Shane porque lo nuestro ya no era lo mismo. Pero hemos estado juntos un tiempo y es inevitable no quererlo. El odio que le tengo ahora mismo me va ayudar a dejar de quererlo, o eso espero. No sé cómo se gestionan estas cosas.

Ojalá el amor viniera con libro de instrucciones como la lavadora.

Suspiro de nuevo barro el salón con la mirada, buscando algo y no sé exactamente el qué. Una sensación de malestar me invade por completa al verme tan sola. ¿Llamo a Susanne? No, ahora está trab ajando... A lo mejor la doctora Martínez... No, esto no es una emergencia. Las lágrimas empiezan a bajar por mis mejillas y el corazón se me empieza a acelerar rápidamente.

«Respira hondo, solo eso.»

Me hago caso a mi misma, siguiendo los consejos de mi hermana y la doctora Martínez, y respiro hondo unas cuantas veces mientras limpio mis lágrimas con el puño del jersey lila que me regaló mi hermana hace unos meses.

«No dejes que un simple acelerón de corazón se convierta en un ataque de ansiedad.»

Y no lo permito.

Voy a la cocina, la cual conecta con el salón, y me sirvo un vaso de agua. Esta vez sin pastilla incluída. Solo el agua. Trago poco a poco y me sirvo otro vaso de agua.

«Bien, mejor.»

Suspiro mientras me froto la cara.

Helado. Necesito helado.

Cojo mis llaves y mi tarjeta de crédito y, tras meterlo en mis bolsillos, salgo de mi departamento. Nunca uso el ascensor, así que bajo por las escaleras al trote, deseando que Shane no siga en la calle recogiendo sus calzoncillos. Por suerte, nada más salir, no lo veo por ningún lado. Qué suerte ha tenido.

Camino acera arriba hacia el supermercado más cercano y, cuando llego a él, saludo a Wendy, la cajera de los fines de semana. Más maja que las pesetas y una de las pocas personas que me caen bien. Cojo una cesta, me la cuelgo del brazo y voy hacia el pasillo de los dulces.

Galletas de chocolate, dentro. Galletas de limón, dentro. Galletas de chocolate con base de limón, dentro. Bizcochos rellenos de chocolate, dentro.

Camino hacia el otro pasillo y me encuentro con las neveras y los congeladores.

Pizza margarita, dentro. Pizza barbacoa, dentro. Pizza Diávola, dentro. Pizza cuatro estaciones, dentro. Pizza cuatro quesos, dentro. ¿Pizza vegetariana? Dentro, ¿por qué no?

Abro los congeladores y me debato entre el helado de chocolate, el de turrón, el de frambuesa y fresa, y el de limón. Pues venga, todos al carrito.

De camino a la caja, me detengo en el pasillo de los tintes de pelo. No para comprar tinte, sino para tocar el pelo falso que hay bajo cada tinte para que sepamos de qué color es. Es una costumbre oculta que tengo desde pequeña. Me hace gracia.

——Veo que no pierdes la costumbre.

Me giro rápidamente y me encuentro con un chico bastante más alto que yo. Tiene un cuerpo atlético con el que podría aplastarme con un mínimo movimiento, unos rasgos duros, una mandíbula cuadrada bien marcada y unos ojos azules y grandes que miran atentos y con curiosidad siempre. Y su pelo... Ay, su pelo. Rubio oscuro, casi castaño, despeinado de una forma tan perfecta con la que parecen que todos los mechones están colocados expresamente de esa forma.

Hacía años que no tenía delante de mí al mayor de los Dawson.

——Alexander ——digo sorprendida.

——Pequeña Beth-Anne, merezco un abrazo de bienvenida como mínimo. ——Su sonrisa se amplia, obligándome a mirarle los labios un mini instante.

——No creo que...

——Oh, claro que sí.

Da una zancada al frente y me envuelve con sus grandes brazos, con la barra de pan que lleva en la mano incluída. Yo no puedo abrazarlo pues estoy sujetando la cesta con las dos manos. Siento como me besa la coronilla.

——¿Qué haces aquí? No sabía que habías vuelto. Rose no me había dicho nada.

——Volví hace un par de días. He terminado mi máster, ahora puedes dirigirte a mí como señor Dawson, periodista deportivo.

Yo frunzo mi ceño ante la estupidez que acaba de decir pero me obligo a suavizarlo cuando veo que sonríe.

——Prefiero seguir llamándote Alex o Alexander, si no te importa.

Él sonríe aún más.

——Me parece bien. Solo porque eres tú.

——Oye... ——digo mirando mi cesta——. Tengo que irme, llevo congelados.

——Sí, ya lo veo ——dice con diversión——. Vamos, yo también tengo que pagar.

Los dos nos vamos hacia la caja y lo dejo pasar a él primero para que pague pues solo lleva una barra de pan. Cuando él ya ha pagado y me toca a mí, me ayuda a meter las cosas dentro de las dos bolsas de papel que Wendy me da. Le pago y, tras despedirme, salgo del supermercado con una de las bolsas. La otra se empeña en llevármela Alexander.

——¿No estás muy lejos de tu casa? ——pregunta mientras caminamos acera abajo.

——No vivo con mis padres desde hace dos años.

Él me mira con las cejas alzadas, claramente sorprendido.

——Vaya, tu hermana no me había dicho nada.

——Bueno, ahora lo sabes.

——¿Vives con una amiga o...?

——Vivo sola ——respondo señalando con la cabeza mi edificio——. Allí.

——Estás cerca de la revista ——dice con una sonrisa.

Yo asiento con la cabeza. A los diez pasos llegamos al portal de mi edificio y cojo la bolsa que me ha ayudado a llevar de las manos de Alex, no sin antes abrir la puerta principal.

——Espero que nos veamos pronto y nos pongamos al día ——me dice con su usual sonrisa.

——Sí, yo también ——respondo y casi me obligo a sonreír. Él sonríe un poco más——. Qué vaya bien, Alex.

——Igualmente, Beth-Anne.

Entro en mi edificio, cierro la puerta con mi pie y subo las escaleras sin mirar hacia atrás. Cuando llego arriba, abro la puerta como puedo y entro en casa.

Alexander Dawson ha sido siempre uno más de la familia. Sus padres y los míos han sido mejores amigos desde la adolescencia, incluso su padre y el mío son socios de una revista. La fundaron cuando acabaron la universidad con sus ahorros y ahora es la revista más conocida y comprada de California. "Century California". Se habla de todo en ella: deportes, literatura, juventud, moda, negocios... Y yo soy redactora de dicha revista, al igual que mi hermana melliza y mejor amiga, Susanne. Yo me encargo de la columna literaria y la juvenil, y ella de hacer las fotos de todo lo que haga falta: desde libros o tazas de porcelana, a modelos o hombres de negocios.

Alex y mi hermana mayor, Rosanne ——o Rose—— han sido mejores amigos siempre. Han ido a clase juntos desde críos, han hecho viajes juntos ——y con su grupo de amigos, nunca solos——, se fueron a la universidad de Nueva York a estudiar sus respectivas carreras... Mejores amigos, como dije.

Nos llevamos tres años, por lo que yo no me he mezclado con ellos más que en las ocasiones juntas.

Él es un chico... intensito. ¿Por qué digo eso? Porque siempre está contento, es positivo y ve el lado bueno de las cosas incluso cuando hay que escarbar muchísimo para encontrarlo, es bastante sereno y relajado... Es absolutamente todo lo contrario que yo.

Pero, a pesar de ser tan distintos, él ha sido una de las pocas personas que me ha tratado como trataría a cualquier persona. Y eso hace que, instantáneamente, me caiga bien.

2

Creo que la frase que he repetido más veces durante mi vida ha sido: "Tengo complicaciones para concentrarme, no soy imbécil". Esa y todas las variantes posibles de ella. La he tenido que usar en profesores, en compañeros de clase, en familiares y en compañeros de trabajo.

Yo soy una persona maja, de verdad, soy muy agradable con mi hermana y con mi gato. Puedo ser la persona más cariñosa del mundo si me lo propongo, incluso hasta doy algún que otro abrazo a Susanne y a mi abuela Mary. ¡Incluso doy besos! A mí gato, pero los doy. Pero no pueden pedirme que sea agradable si me tratan como si me faltara un tornillo.

En consecuencia, soy agradable con mi hermana y cuatro personas más. No puedo añadir a mis padres entre ellos, aunque me esfuerzo por ser menos capulla con ellos porque, al fin y al cabo, son mis padres. Me han criado ——regular——, me han pagado la uni, me han dado trabajo... Les debo mucho.

Llevo tan solo unos meses trabajando como una trabajadora normal y corriente en la revista, y debo admitir que me encanta. Me viene bien mantenerme ocupada y más con una cosa que me gusta, como son los libros. Hay días que entrevisto a autores, otros que visito librerías, otros que me los paso leyendo como una posesa... Los libros son con lo único que soy capaz de mantenerme concentrada. Puedo leerme un libro de un tirón sin levantar la vista de las páginas, pero no era capaz de ponerme a estudiar un examen de historia.

En resumidas cuentas: tengo el mejor trabajo que podría desear.

Algo bueno que tiene la revista, además de la señora de la limpieza que es un amor absoluto, es la máquina del café. Bendita máquina que te mezcla café con chocolate. Si no habéis probado esa mezcla, no sé a qué esperáis.

——¿Por qué me ha dicho Jeremy que Shane se está quedando a vivir temporalmente con él?

——Joder, Su ——me quejo asustada girándome hacia mi hermana. Vuelvo la mirada a mi café con chocolate——. Casi me matas de un infarto.

Ella se ríe y me abraza por la espalda antes de dejar un sonoro beso en mi mejilla.

——¿Te acuerdas que te dije que sentía que algo no iba bien? ——pregunto mientras extraigo mi vaso y me giro hacia mi hermana. Ella asiente con la cabeza——. Pues ayer cuando volví a casa me encontré a Shane tirándose a una tía en la encimera de la cocina.

——¡¿Cómo?!

——Que Shane tenía su pene en la vagina de una morena con dos tetas como sandías.

——¡Joder!

——Ya te digo.

——Ay, Beth ——murmura abrazándome. Yo alejo un poco mi mano en la que tengo el vaso y la abrazo con mi brazo libre——. Lo siento mucho, no me lo imaginaba. Si quieres puedo quemarle el coche o...

——Tranquila ——digo mientras se separa de mí y me mira los ojos——, ayer me encargué yo.

——No me digas que le has quemado el coche, Beth.. . ——susurra mirando a sus lados.

——No, mujer. ——Bufo——. Solo le tiré la ropa, prenda por prenda, por el balcón. Y el móvil puede que lo pisara antes de metérselo dentro de la bolsa de basura con el resto de la ropa.

——Esa es mi hermana ——dice levantando su mano. Yo se la choco——. Ni un tío se va de rositas...

——Si nos pasa por encima ——acabo por ella.

Es el lema más extraño e infantil que he escuchado jamás, pero es uno que nos inventamos a los trece años cuando mi hermana se echó novio por primera vez.

——Por cierto ——digo mientras caminamos hacia las escaleras——, Alexander está aquí.

——Sí, lo he visto ——dice sonriendo——. Está tremendamente bueno.

——No voy a negar eso.

Ella me sonríe pícara y yo le devuelvo la sonrisa. Al final acabamos riéndonos las dos. Me despido de ella y me voy hacia mi pequeño despacho. Otra cosa buena aparte de la máquina de café y de la señora de limpieza, es que todos los redactores tenemos un despacho con ventana. Intimidad ante todo. Hasta pestillo y una máquina de agua.

Mientras pienso en ideas para la sección literaria del martes de la semana que viene y apunto todo lo que se me ocurre en mi cuaderno, alguien golpea la puerta. Doy permiso para que entre quién quiera que sea, y me encuentro con la sonrisa de Alexander Dawson.

——Redactora Beth-Anne Foster ——dice señalando la placa de mi puerta——. Queda de puta madre, ¿eh?

——Totalmente ——afirmo con una leve risa.

Él cierra la puerta y se sienta en la silla que hay delante del escritorio, justo enfrente de mí. Yo alzo mis cejas curiosa.

——¿Qué haces aquí?

——¿Tampoco te han dicho que soy el redactor de la sección de deportes? Me parece fatal.

——¡Ala! Enhorabuena ——le digo con una sonrisa——. Me alegro por ti. Pensé que solo estabas de visita y luego volvías a Nueva York.

——Qué va ——dice acomodándose a la silla y mirando mi despacho——. Allí no se me ha perdido nada más que un par de colegas y una ex novia algo loca. Por cierto, podrías decorar esto. Es un poco triste.

——Hace poco que estoy aquí. Tiempo al tiempo.

——Oye, ¿y Shane, qué? ¿Aún no habéis pasado por el altar?

——Puesto que hace... ——Miro mi reloj de muñeca—— quince horas estaba follándose a una tía encima de la encimera de mi casa, supongo que no vamos a pasar por ningún altar.

Alexander se queda mudo y yo intento mantener la compostura y no venirme abajo. Las palabras han salido solas de mi boca, al igual que mis lágrimas que, sin darme cuenta, empiezan a empapar mi cara por completo.

Espero que la máscara de pestañas waterproof funcione de verdad porque ahora lo necesito más que nunca.

——Beth-Anne... ——susurra Alexander.

Yo niego con la cabeza y hago girar la silla de escritorio en la que estoy sentada de modo que me quede mirando la pared. Me tapo la cara sintiendo una opresión en el pecho demasiado conocida y se me escapa un sollozo.

Escucho un click detrás de mí y sé que Alex ha puesto el pestillo. Sabe que no soporto que me vean llorar.

——Lo siento mucho, no lo sabía... Joder, no debería haber hecho esa mierda de comentario ——murmura poniéndome una mano en el hombro.

Yo sacudo mi hombro para que aleje su mano, mientras respiro profundamente.

——Cierto, lo siento ——se disculpa en un susurro.

Suspiro por lo bajo mientras me limpio las mejillas con las manos y trago saliva un par de veces. Echo mi cabeza hacia atrás, miro el techo blanco y respiro profundamente.

——Ya está ——me digo a mí misma——, ya está.

Hago girar la silla para coger mi mochila de encima de mi escritorio, donde tengo pañuelos de papel, y me encuentro con la mirada de Alexander. No me encuentro lástima en su mirada, sino arrepentimiento. Y lo agradezco profundamente.

——Estoy bien ——digo antes de que abra la boca para decir algo——. Todo está bien.

——De verdad que lo siento muchísimo, Beth-Anne... No pretendía hacerte sentir mal. No tenía ni idea de que Shane fuera un pedazo de mierda.

Se me escapa una sonrisa que él capta rápidamente y me dedica otra él a mí.

——¿Algún día dejarás de llamarme Beth-Anne?

——Me parece un nombre espectacularmente bonito. Así que no. No voy a dejar de llamarte así jamás de los jamases.

Yo niego con la cabeza sonriendo.

——Venga, esfúmate de aquí que algunas tenemos que trabajar ——le digo mientras me seco las lágrimas. Él vuelve a sonreír aún más, si es que se puede.

——Yo estoy en mi horario laboral también ——dice mientras se levanta——. He ido a mear.

——Los baños están al final del pasillo, te has desviado un poco.

Él abre el pestillo y luego la puerta. Mira el cartel de mi puerta y luego a mí.

——Vaya, lo siento mucho, Beth-Anne Foster, redactora literaria y juvenil, pensé que esto era el baño de caballeros ——exclama.

Sin poder evitarlo, suelto una carcajada.

——Vete de aquí, payaso.

——A sus órdenes, redactora Beth-Anne Foster.

Hace una reverencia antes de salir del todo y cerrar la puerta.

Es medio imbécil.

3

Mis padres siempre le han tenido un gran cariño al nombre "Anne". Ambos tenían una abuelas con ese nombre, y ambos querían ponerle Anne a sus hijos. Sí, es plural. Querían que todos ——todas en este caso—— llavaran ese nombre. Lógica y legalmente, no puedes ponerle Anne a más de un o una hija, así que decidieron hacerlo diferente. Una mezcla de dos nombres.

Mi hermana mayor: Rosanne.

Mi hermana melliza: Susanne.

Yo: Beth-Anne.

No sé qué pinta el guión, pero bueno. Al menos todo el mundo me llama Beth a secas, menos Alex. Y mis padres cuando se enfadan. Sí, también usan mi nombre completo.

El lunes cuando llego a casa, recibo una llamada de mi hermana mayor diciéndome que me pase por su piso y así nos vemos. Como sé que si me niego vendrá a buscarme, me doy una ducha rápida para vestirme cómoda. Elijo un jean mom de tiro alto, un jersey fino blanco que meto por dentro y unas converse. Cojo mi mochila, me despido de mi gato, Lincoln, y salgo de casa.

No tardo más de diez minutos caminando en llegar al piso de mi hermana. Llamo al timbre y, cuando abre la puerta del portal, subo hacia el cuarto piso por las escaleras. Al trote. Cuando llego, la puerta está abierta así que entro con total libertad. Nada más entrar en el salón, veo a mi hermana sentada en su sillón de siempre y a Alex tirado en el sofá, viendo la tele.

——Hey ——saludo mientras voy hacia ellos.

——Hola ——dicen ambos con sonrisas.

——Sírvete lo que quieras de la nevera ——me dice Rose.

——¿Tienes algo sin cafeína o sin alcohol? ——pregunto abriendo su nevera.

——Agua.

Ruedo los ojos y cojo la jarra de agua para llenarme un vaso generoso de agua. Cierro la nevera y voy hacia ellos. Mi hermana me pellizca una nalga cuando paso por su lado y me dejo caer en el sofá. Casi derramo el agua.

——¿Qué hay, redactora Beth-Anne Foster?

Yo le sonrío un poco a Alex y le doy un codazo.

——Aquí estamos.

Mi hermana acerca el sillón y aprovechamos para ponernos al día. No le cuento lo de Shane porque algo me dice que ya lo sabe. Es amiga suya y está tirándose a su hermano, así que algo debe saber. Además, no me pregunta por él.

——He hablado con papá y mamá de lo de Shane, y...

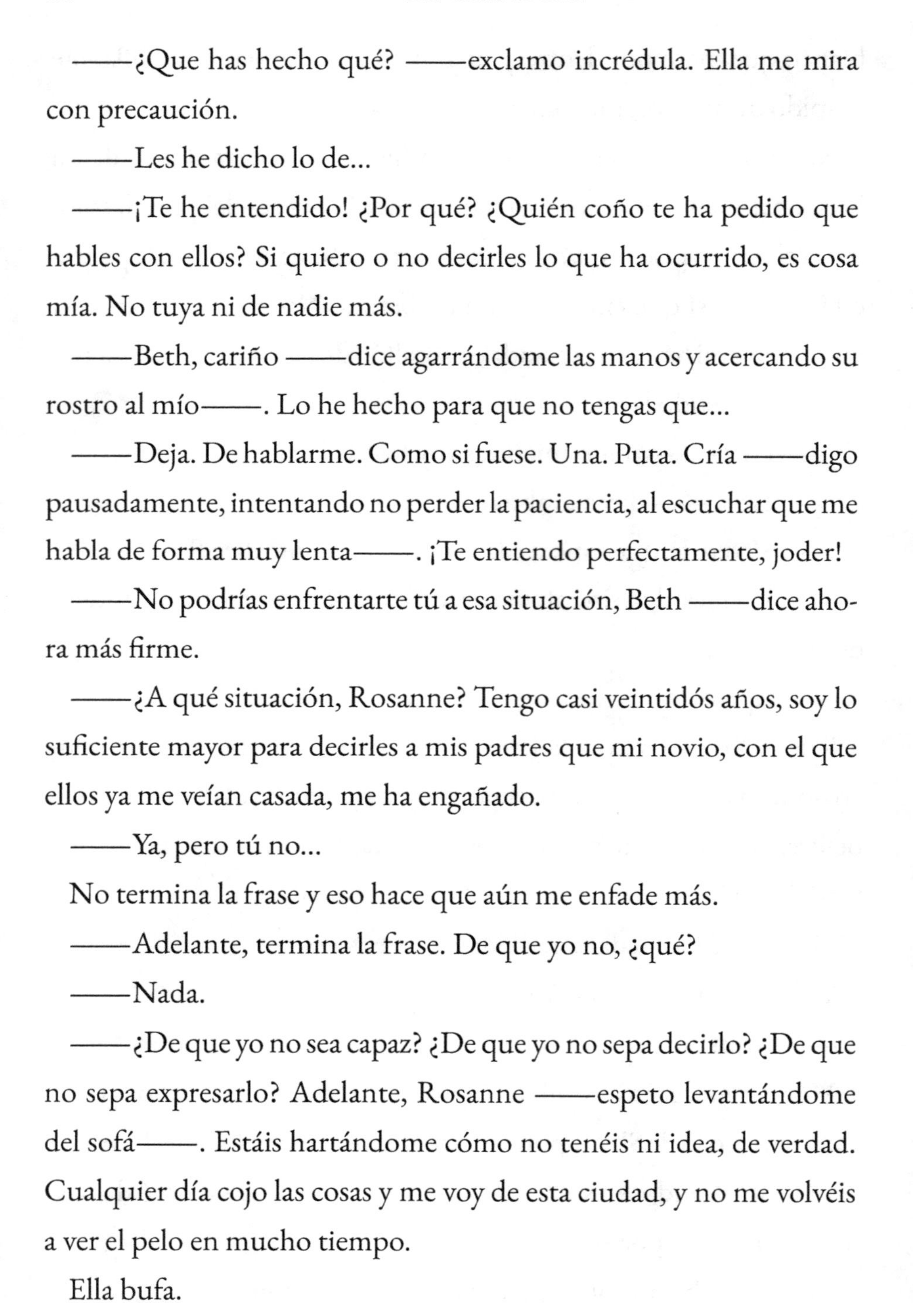

——¿Que has hecho qué? ——exclamo incrédula. Ella me mira con precaución.

——Les he dicho lo de...

——¡Te he entendido! ¿Por qué? ¿Quién coño te ha pedido que hables con ellos? Si quiero o no decirles lo que ha ocurrido, es cosa mía. No tuya ni de nadie más.

——Beth, cariño ——dice agarrándome las manos y acercando su rostro al mío——. Lo he hecho para que no tengas que...

——Deja. De hablarme. Como si fuese. Una. Puta. Cría ——digo pausadamente, intentando no perder la paciencia, al escuchar que me habla de forma muy lenta——. ¡Te entiendo perfectamente, joder!

——No podrías enfrentarte tú a esa situación, Beth ——dice ahora más firme.

——¿A qué situación, Rosanne? Tengo casi veintidós años, soy lo suficiente mayor para decirles a mis padres que mi novio, con el que ellos ya me veían casada, me ha engañado.

——Ya, pero tú no...

No termina la frase y eso hace que aún me enfade más.

——Adelante, termina la frase. De que yo no, ¿qué?

——Nada.

——¿De que yo no sea capaz? ¿De que yo no sepa decirlo? ¿De que no sepa expresarlo? Adelante, Rosanne ——espeto levantándome del sofá——. Estáis hartándome cómo no tenéis ni idea, de verdad. Cualquier día cojo las cosas y me voy de esta ciudad, y no me volvéis a ver el pelo en mucho tiempo.

Ella bufa.

——¿A dónde vas a ir tú?

——Rose, joder ——escucho que susurra Alex con reproche.

——La próxima vez que me llames espero que no sea para llamarme incompetente ——digo yendo hacia la puerta de salida.

——¡No te volveré a llamar! Si siempre te tomas las cosas fatal.

——¡Dios mío!

Salgo de su casa dando un portazo y bajo las escaleras prácticamente corriendo. Más vale que me marche rápidamente de aquí antes de que rompa algo, porque va a ocurrir. Casi corro hasta el parque más cercano que hay, el cual siempre está vacío porque no hay nada más que mucha vegetación, una fuente y un par de bancos.

Me siento en uno de ellos y no me da tiempo ni a bajar la cabeza y esconderla entre mis piernas. Alguien se sienta a mi lado. Y sé que es Alex sin siquiera mirarlo. Me rodea con sus brazos y yo solo hago algo, y es intentar deshacerme de ellos.

——Déjame abrazarte ——pide en un susurro——. Sé que no te gustan, pero nunca vienen mal.

Poco a poco dejo de resistirme y dejo que sus grandes brazos me envuelvan y me presionen contra su pecho. Me aferro a su camiseta y a su aroma a cítrico que tanto me ha tranquilizado siempre, y él acaricia mi espalda con una de sus manos.

——Lo s...

——No te disculpes, por favor ——lo interrumpo aún contra su pecho——. Evidentemente, no es tu culpa.

Alex mantiene el silencio y eso me ayuda a tranquilizar un poco mi corazón que va a mil por hora. Me separa un poco de él agarrándome de los hombros y me mira a los ojos. Tiene los ojos más bonitos y tranquilizadores que jamás he visto.

——¿Qué es lo que pasa? ——susurra suavemente. Yo aparto la mirada un poco avergonzada por la situación y él me agarra de la barbilla y gira mi cabeza para que vuelva a mirarlo——. Mírame, Beth-Anne.

——Estoy harta de que me traten como si fuese una cría o como si no pudiera valerme por mí misma ——musito——. No tengo ninguna condición que me impida hacer las cosas por mí misma, lo único que tengo en TDAH. Me cuesta prestar atención a las cosas y soy bastante...

——Hiperactiva ——acaba por mí con una leve sonrisa.

——Desde que me lo diagnosticaron, tanto mis padres como Rosanne me tratan como si fuese tonta. Como si no entendiera las cosas. Las entengo perfectamente, joder. Al final me harán hacer pensar que soy...

——No lo eres ——dice negando con la cabeza——. Eres una de las personas más inteligentes y espabiladas que conozco, Beth-Anne.

——Eso lo dices porque te caigo un poco bien.

——¿Un poco bien? ——pregunta con diversión, volviendo a poner ambas manos en mis hombros——. No dejes que lo que te digan influya en ti. Yo creo que, en realidad, tus padres solo te protegen. Mira, si hasta estás viviendo sola en...

——Me han dejado vivir sola porque mi terapeuta se lo aconsejó ——lo interrumpo——. Yo llevaba años pidiéndole a la doctora Martínez que se lo pidiera por mí porque sabía que no podría salir de casa hasta los 30 si fuera por ellos. Toda mi familia tiene llaves de mi casa y se han asegurado que ningún cerrajero de la ciudad me cambie la cerradura si voy yo a pedírselo.

——Eso no lo sabía... ——murmura.

——Claro que no. ——Bufo.

——¿Quieres que hable con ellos?

——Tú también no, Alexander ——pido mirándolo a los ojos——. Puedo hacerlo por mí misma.

——Lo sé, lo sé ——se apresura a decir——. Sé perfectamente que tú puedes hacer lo que quieras. Pero que te echen una mano nunca viene mal, ¿no?

——Déjalo, da igual, de verdad. A lo mejor empeorarían las cosas. Ahora de momento tengo libertad.

Alexander me sonríe y me pellizca suavemente la mejilla.

——No os había visto enfadadas entre vosotras nunca.

——Cuando tú estabas en la ciudad, me daban una medicación que... ——Suspiro——. Lo dejé antes de entrar en la uni porque me dormía por todos sitios. Ahora tengo que controlarme muchísimo más porque salto a la primera y no... no puedo evitarlo. A veces salto con razones y otra sin ellas. No suelo darme cuenta de cuando es cuál.

——Hoy lo has hecho con razones de sobras ——me dice.

——Eso me tranquiliza ——admito——. Rosanne es la persona que más me saca de quicio.

——Rose sacaría de quicio hasta una roca ——bromea haciéndome soltar una leve risa. Él me sonríe——. Venga, te acompaño a tu casa con el coche.

——No hace falta, está cerca ——murmuro levantándome.

——No era una pregunta.

El martes cuando llego a casa, recibo una llamada de Susanne diciéndome que pasará durante la tarde a verme a mi departamento. Lo hace muchas veces. Pero yo, mientras la espero, no sé qué hacer. Me mantengo de pie enmedio del salón mirándolo todo detenidamente.

A mi mente vienen los momentos bonitos que pasamos con Shane en este piso estos últimos meses que estuvo viviendo aquí. No puedo soportar vivir en un espacio así. Ahora mismo me veo incapaz.

Como cada vez que me da una crisis similar, me dedico a hacer una de las cosas que más disfruto en el mundo: cambiar los muebles de sitio. Muevo absolutamente todos los muebles, incluso los cuadros, y los cambio de lugar. La tele en el lado opuesto y el sofá más de lo mismo. La mesa de comedor en otro lado y girado para que esté de forma horizontal y no vertical como antes. La alfombra la quito y la dejo en el balcón para que se ventile... Incluso giro el colchón de mi habitación y tiro a la basura todas las sábanas, menos las puestas que las compré hace un par de días solo y las estrené anoche. Dios sabe si se han acostado en mi cama. También aprovecho para limpiar un poco todo.

El timbre suena justo cuando termino de mover el armario de mi habitación. Estoy sudando como una verdadera cerda. Voy a abrir la puerta.

——¿Pero qué te ha pasado? ——pregunta Su mirándome de arriba a abajo.

——Nada, pasa ——digo entrando en mi casa.

Cojo la escoba y el recogedor y los escondo en la cocina.

——¿Qué ha pasado aquí? ——pregunta cuando vuelvo al salón.

——He movido los muebles ——digo secándome el sudor con mi antebrazo——. En la nevera hay bebidas. Sin alcohol y sin cafeína, no te emociones. Voy a darme una ducha.

Y eso hago. Me doy una ducha rápida y calentita que no dura ni diez minutos. Me seco bien el cuerpo y voy a mi habitación por la puerta que conecta con el baño. Me pongo la ropa interior, un short deportivo negro y una sudadera de la uni. Salgo de la habitación mientras me seco el pelo con la toalla y veo a Su jugando con Lincoln.

——¿Por qué huele tantísimo a lejía? ——pregunta mi hermana mientras me acerco.

——He limpiado la cocina un poco. La encimera especialmente ——murmuro mientras voy hacia la cocina a por un vaso de agua.

——¿Todo bien, Beth? ——me pregunta cuando me siento a su lado y mi gato viene hacia mis piernas.

——Todo bien, Su.

4

Mi despacho es mi lugar favorito después de mi departamento, la playa y la librería de la señora Martin. Lo tengo decorado de forma que no se me permita desconcentrarme con chorradas de mi alrededor.

En el escritorio solo tengo un bote donde meto los bolígrafos y de más, una rejilla para meter algunos papeles y mi ordenador portátil con el ratón inalámbrico. Las paredes son completamente blancas y lisas a excepción de la pared en la que está la ventana y en la que está la puerta, donde tengo también una pizarra blanca donde me escribo los horarios y donde pego los post-it para organizarme. Tengo un perchero al lado de mi escritorio donde cuelgo mi chaqueta, las pocas veces que la llevo, y mi mochila.

No tengo distracciones, por lo que no puedo distraerme con nada. Incluso a veces me pongo música bajita. Canciones lentas tipo Ed Sheeran o Kodaline. La canción que más me relaja es "All I Want" de Kodaline. Con ella son capaz de tirarme horas trabajando sin parar en una misma cosa. Si algún día los conozco, los besaré a todos.

Ahora mismo estoy leyendo un libro de Nicola Yoon. Esta semana voy a leerme dos libros de la autora que han tenido películas recientemente y quiero compararlos con éstas. Podría hacer esto desde casa, pero prefiero estar aquí para no desconcentrarme. Además, aún me falta pensar qué hacer para la sección juvenil de esta semana.

Alguien golpea la puerta un par de veces y ésta se abre. Un hombre alto, fuerte y rubio aparece con una sonrisa.

——Hola, John ——lo saludo colocando mi dedo en la páginas por la que voy. Alargo mi mano y apago la música de mi ordenador——. ¿Tenía la música muy alta o...?

——No, no ——se apresura a decir——. Solo quería pasar a saludarte y ver cómo estás. Hace una semana que no te veo.

Yo le sonrío agradecida.

——Estoy muy bien. ¿Tú qué tal?

——¡De maravilla! Por cierto, dentro de poco será el cumpleaños de Lydia, espero que vengas a la comida que organizaremos.

——¿Cuándo es?

——El domingo que viene.

——Genial, pues me lo apunto ——le digo con una leve sonrisa.

——Muy bien ——dice sonriendo ampliamente——. Te dejo con lo tuyo. Cualquier cosa, ya sabes donde estoy.

——Muchas gracias, John.

Se despide con la mano y sale de mi despacho.

John Dawson, el cofundador de la revista junto a mi padre, y padre de Alexander. Es un tipo agradable, casi igual que su hijo. La verdad es que, en general, la familia Dawson se de lo mejor que existe. Son majos, tienen un humor bastante bueno y caen bien.

La puerta vuelve a sonar a los dos minutos, mientras me apunto en un post-it lo del cumpleaños de la hermana pequeña de Alex, Lydia, que cumplirá veinte si no calculo mal. Abro yo misma la puerta y sin mirar quién es, voy a mi silla de nuevo.

——Buenos días, cariño ——dice papá. Yo saco mi agenda de la rejilla y lo miro.

——Hola, papá.

——¿Qué haces? ——pregunta apoyándose en el marco de la puerta.

——Pues ahora estoy... apuntándome que el domingo que viene tengo que ir a la comida que organizan los Dawson por el cumpleaños de Lyd ——digo mientras lo apunto en la agenda——. Y ahora me pondré con estos dos libros. ——Señalo "Todo todo" y "El sol también es una estrella" de Nicola Yoon.

——Si quieres puedo mandar a alguien para que se lea uno de ellos.

——Puedo hacerlo yo ——digo mirándolo con el ceño fruncido. Él levanta sus manos.

——Lo sé, lo sé.

——¿A qué has venido? ——le pregunto mientras guardo la agenda de nuevo.

——Venía a decirte que siento lo que te ha hecho Shane y que le voy a dar una paliza cuando lo vea.

No puedo evitar soltar una carcajada cuando lo escucho decir eso. Papá se cruje los dedos y luego el cuello haciéndome reír aún más.

——Gracias, papá.

——Dámelas cuando lo haya hecho ——dice apuntándome con el dedo——. ¿Estás bien?

——Mejor de lo que pensaba ——admito——. Ya hacía días que me planteaba dejar la relación, pero me ha sentado como una patada en el culo.

——Imagino. ——Hace una mueca de disgusto——. Bueno, si necesitas cualquier cosa, me lo dices, cariño. Me voy a pegar algunos gritos por los pasillos.

Yo sonrío.

——Vale, papá.

Me dedica una sonrisa antes de salir y cerrar la puerta. Cuando abro el libro de nuevo, escucho un grito suyo:

——¡Jamieson, sáquese ese dedo de la nariz y teclee!

La doctora Martínez me ha citado en su consulta esta tarde a las seis, por lo que, en vez de irme a casa después del trabajo, me voy hacia allí. La consulta de la doctora Martínez queda cerca de la revista, ambas están en el centro de San Francisco.

La recepcionista de la doctora Martínez me hace pasar a la sala de espera y la doctora no tarda ni un minuto en abrir la puerta de su consulta y hacerme una señal con la mano para que pase.

——Hola, Beth ——me dice con su usual amplia sonrisa.

——Hola, doctora Martínez.

Me da un corto abrazo y me siento en la silla de delante del escritorio. Ella se sienta al otro lado de éste y saca un par de papeles.

——Espero que me hicieras caso y ayer dejaras de tomarte el medicamento.

——Sí, ya hace veinticuatro horas que no me lo tomo ——afirmo.

——Perfecto ——dice y me acerca uno de los papeles——. Esta es la receta del nuevo medicamento. Es más suave y te he bajado la dosis.

——¿Está segura? ——pregunto dudosa, mirando el papel y luego a ella——. El otro día salté cuando mi hermana me...

——Me da igual ——me corta——. Sé que no te hace falta ir empastillada hasta las cejas, tienes un autocontrol de lo más bueno. Ya te digo que hasta yo saltaría con tu hermana, a veces puede ser muy irritable. Has mejorado tantísimo respecto el año pasado, Beth.

——No sé...

——Necesito que confíes en ti. Ambas lo necesitamos. Pasa de lo que la gente te diga, solo hazte caso a ti ——dice señalándome——. ¿Crees que tienes capacidades menores que el resto de gente para tomar decisiones?

——Claro que no.

——¿Crees que por ser más impulsiva significa que estés loca o seas tonta?

——No ——Niego con la cabeza.

——Eso es lo que tienes que tener en la cabeza fijado ——me dice mirándome fijamente a los ojos——. Si alguien te dice lo contrario, piensa en lo que de verdad eres y no en lo que dicen que eres. Una patada imaginaria en el trasero de todos los que te intenten hacer creer que eres otra cosa distinta a lo que realmente eres

——Tienes razón...

——¿Qué debes evitar? ——pregunta sabiendo mi respuesta.

——Todo lo que me cause rechazo o irritabilidad.

——Si tu hermana te pone nerviosa, evítala. Si el color blanco de las paredes de tu despacho te pone nerviosa, píntalas. Si la camiseta que llevas te parece que no combina con tus pantalones, cámbiala. Son pequeñas tonterías que si las evitas, lograrás estabilizarte por completo. Rodéate de cosas y personas que te relajen, que te aporten algo bueno a ti. No digo que te apartes de tu hermana, pero si ves que está a punto de ponerse en ese plan, puerta, adiós, au revoir, arrivederci.

Yo asiento con la cabeza.

——Confía en ti.

——Confío en mí ——digo asintiendo con la cabeza——. Muchas gracias por todo, doctora Martínez, de verdad.

——No me las des, mujer ——dice mientras ambas nos levantamos——. Ve a por las pastillas y tómatelas una vez cada doce horas. Empieza esta noche. Son para dos meses que es cuando tenemos el próximo encuentro.

Antes de salir la abrazo fuerte y ella besa mi cabeza.

——Gracias.

——Si necesitas cualquier cosa, llámame.

Yo asiento con la cabeza y salgo de su consulta despidiéndome con la mano.

La doctora Martínez es la mejor persona sobre la faz de la tierra. Tengo muchas pruebas y ninguna duda.

Voy a la farmacia que hay justo en la acera de enfrente y espero que me den las cajitas de pastillas para dos meses. Cuando ya las he pagado, las meto dentro de mi mochila y salgo de la farmacia mientras leo el prospecto que hay tras la receta que me ha dado la doctora.

——Algún día te atropellan ——me dice una voz a mi lado.

——¿Por qué estás en todos lados? ——pregunto divertida mirando a Alexander. Él pasa su brazo por mis hombros.

——¿Por qué estás tú en todos lados? ——pregunta él de vuelta, resaltando el tú——. ¿Qué es esto?

——El prospecto de un medicamento.

——A ver.

Me lo coge de las manos con su mano libre y empieza a leer los efectos adversos en voz alta.

——Problemas de sueño, disminución del apetito, pérdida de peso, mareos, aumento de la presión sanguínea, dolores estomacales y de cabeza...

——Te agradecería que no siguieras leyendo.

——Esto es una mierda ——dice mirándome y devolviéndome el papel. Yo lo doblo.

——Todos los medicamentos tienen efectos adversos. ——Me encojo de hombros——. Tengo que ir a por algo de cenar al súper. Si me sueltas...

——Qué casualidad que yo también voy hacia allí.

Yo ruedo los ojos y él no me suelta. Quiero abrir la boca y soltar alguna idiotez, pero no lo hago porque veo a Shane salir del tranvía y comenzar a caminar por la misma acera que nosotros en busca del paso de peatones. Cuando llega a él, nos ve. Yo, sin reprimirme ni un poco, le muestro mi dedo corazón.

——Beth-Anne... ——susurra Alex con diversión.

——¿Qué? Es un gilipollas ——murmuro mientras giramos la calle hacia el supermercado en el que nos reencontramos hace unos días.

——No voy a negarte eso.

——¿Me vas a soltar ya? ——le pregunto mirando su mano reposando en mi hombro izquierdo.

——Solo si te molesta que tenga mi brazo aquí ——dice juntándome un poco más a su cuerpo——. Es cómodo caminar así, eres tan pequeña que puedo apoyarme a la perfección.

——Eres un aprovechado.

——Gracias, redactora Beth-Anne Foster ——dice mientras apoya su cabeza encima de la mía por unos segundos.

5

He pintado mi departamento. El salón con un tono gris muy clarito casi blanco y mi habitación de un turquesa pastel también muy suave que a simple vista podría parecer blanco. Siento que vivo en una casa totalmente distinta a hace dos semanas y eso me alegra y tranquiliza bastante, sinceramente. Incluso he cambiado todo el menaje de mi cocina. El mío se lo he dado a mi hermana. He cambiado mis vasos transparente por unos de colores también semitransparentes, mis cubiertos ahora son negros, al igual que los platos. Ollas nuevas, sartenes nuevas, cazos nuevos...

Hasta le he comprado una cama nueva a Lincoln y un juguete de esos que es como una torre para que lo arañe y deje en paz el sofá cuando no estoy. Me he gastado el dinero que me quedaba para terminar el mes, pero al menos me siento muchísimo mejor. No me preocupo por comprar comida porque tengo la nevera y el congelador lleno. De pizza, principalmente.

Cuando esta mañana he llegado al despacho me he planteado pintarlo también. Pero me he negado en rotundo porque me gusta como está ahora.

Cuando mi jornada laboral termina por hoy, cojo mi mochila y voy a la máquina de café a por un café descafeinado con chocolate.

——Menuda mezcla más rara ——dice Alexander mientras ve como sale el chocolate después del café.

——De verdad, estás en todos sitios ——digo con una leve risa.

——Trabajamos en el mismo sitio, Beth-Anne. Y eso que estás haciendo debería ser un pecado.

——¿Perdona? ——pregunto mientras retiro mi vaso metálico, que siempre llevo encima——. Está delicioso.

——Permíteme dudarlo.

——Mira, toma ——digo mientras lo remuevo con la cucharita de plástico que ha dejado caer la máquina.

Se lo doy a Alexander y él, dudoso, le da un trago. Se lame los labios tras probarlo, me devuelve el vaso y pone una mueca pensativa.

——No está mal, pero los prefiero por separado.

Yo ruedo los ojos.

——Qué mal gusto.

——El tuyo. ——Me guiña un ojo——. ¿Dónde vas?

——Ahora voy a la librería de la señora Martin hasta que me eche de allí.

——¿Puedo venir contigo?

——¿Venir conmigo? ——murmuro mirándolo——. Voy a leer.

——Si no quieres, no pasa nada ——dice con una leve sonrisa.

——No, sí, no me importa que vengas. Pero no esperes que te dé conversación porque voy a estar leyendo...

——Ningún problema.

Y, dicho eso, me sigue hacia la salida. Esto es un poco raro, la verdad.

——Oye ——dice mientras cruzamos la calle——, ¿por qué hay tantos post-it en tu despacho?

——Es mi forma de organizarme. Los coloco en orden cronológico conforme debo tenerlos hechos y, según el color que tengan, sé si es más largo de hacer o más corto. Es mi horario. Tanto de cosas de la revista como personales. Tengo lo mismo en mi casa.

——Tendré que hacer algo similar yo también. Soy un desastre en cuanto organizarme las cosas. Eso sí, soy muy ordenado, ¿sabes? No puedo tener algo fuera de lugar, me pone nervioso.

——A mí también ——admito con una media sonrisa.

No volvemos a hablar hasta que llegamos a la librería de la señora Martin. Ella nos sonríe haciendo que las arruguillas de los ojos se le intensifiquen y yo le sonrío también. Voy hacia las estanterías con Alex.

——Si quieres quedarte a leer, deberás comprar el libro que leas ——le susurro a Alex.

——Ningún problema. Necesito leer y comprar "Ciudad del fuego celestial" de Cassandra Clare. Es el único que me falta.

Yo sonrío y lo miro un poco sorprendida.

——¿Te gusta "Cazadores de sombras"?

——Obviamente. La gente a la que no le gusta, no es de fiar.

Sonrío sin poder evitarlo y me giro hacia la estantería de romance new adult. Él va hacia las estanterías de literatura juvenil. Busco y busco el libro que tengo en mente y, cuando veo "La voz de Archer" en la estantería superior, pego un salto y lo cojo. Voy en busca de Alex y lo encuentro cogiendo el libro que quiere.

——Ven ——le digo comenzando a caminar hacia la zona de lectura.

La zona de lectura de la librería es una maravilla. Hay mesas y sillas, sillones, sofás, sillas individuales... Me gusta mucho el ambiente que tiene siempre y el silencio que reina. Vamos hacia un sofá doble y Alex es el primero en sentarse. Yo me quito el jersey y lo pongo a su lado, en el asiento, y me siento encima con las piernas cruzadas como un indio. Siempre pongo mi jersey para no manchar el asiento.

——Podrías quitarte los zapatos y ya está ——me susurra. Yo lo miro avergonzada.

——Llevo un agujero en el calcetín y se me ve el dedo gordo casi entero.

Él junta los labios para no reírse y yo le doy un codazo sin mucha fuerza haciéndolo reír por lo bajo. Le sonrío un poco y le señalo el libro.

——Venga, déjate de idioteces y lee ——susurro. Él aún sonríe más.

——A sus órdenes.

Abro la primera páginas de "La voz de Archer" y sonrío inconscientemente. Leí este libro el año pasado en digital y me encantó. Si fuera por mí, me casaría con Archer sin pensármelo dos veces. Me declaro completa y profundamente enamorada de Archer.

Me sumerjo en las páginas del libro, ajena a mi alrededor, olvidándome de que Alexander está a mi lado leyendo, de que hay gente comprando libros en el otro lado de la librería... Me envuelvo de los pensamientos de las palabras de Bree y los pensamientos de Archer.

No sé cuánto tiempo pasa hasta que decido alzar la mirada porque mis ojos empiezan a picar de estar tanto rato con la mirada fija en las páginas. Miro a Alex y lo encuentro leyendo totalmente sumergido en la lectura, aprisionando su labio inferior con sus dientes. En un momento, suelta su labio y frunce el ceño. Yo sonrío un poco. Ahora que me fijo más en él, me doy cuenta que las pecas que cubren su nariz parecen haberse oscurecido con los años y parece que tenga más. O quizás ya lo tenía así antes y yo nunca me había fijado.

Lo cierto es que mi relación con Alex antes de que se fuera a la uni era buena, pero no nos relacionábamos mucho. Él con mi hermana, yo con Su y alguna que otra amiga, y ya está. Nos juntábamos en las comidas y cuando venía a casa, solo hablábamos un rato. Nunca me había fijado tanto en él como ahora. Nunca antes lo había visto tan de cerca y en lo que lleva aquí de nuevo, lo he tenido así bastantes veces.

Mi reloj pita haciendo que aparte la mirada rápidamente de Alex. Miro la hora y luego lo miro a él de nuevo, que no ha escuchado el pitido y sigue absorto en la lectura.

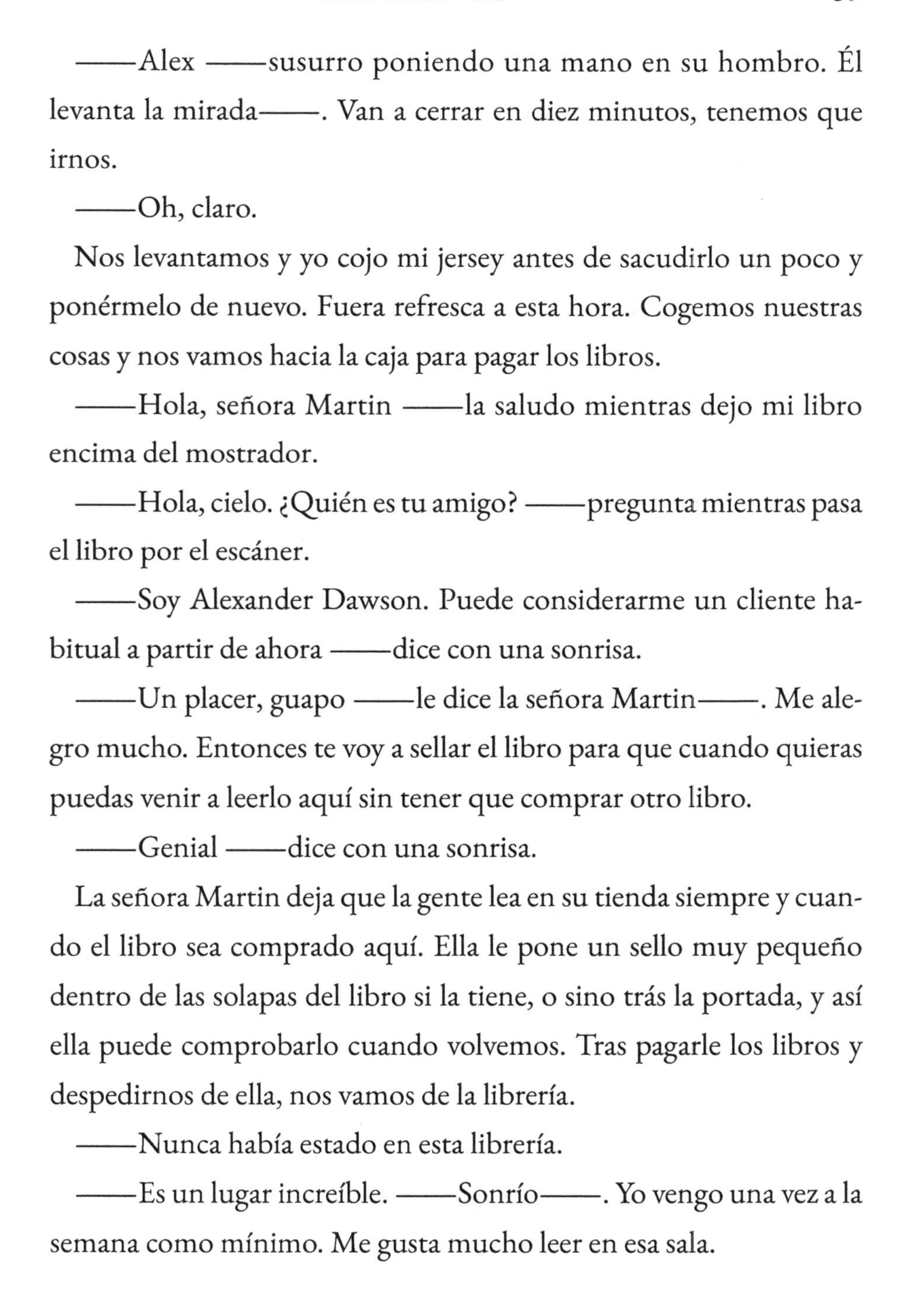

——Alex ——susurro poniendo una mano en su hombro. Él levanta la mirada——. Van a cerrar en diez minutos, tenemos que irnos.

——Oh, claro.

Nos levantamos y yo cojo mi jersey antes de sacudirlo un poco y ponérmelo de nuevo. Fuera refresca a esta hora. Cogemos nuestras cosas y nos vamos hacia la caja para pagar los libros.

——Hola, señora Martin ——la saludo mientras dejo mi libro encima del mostrador.

——Hola, cielo. ¿Quién es tu amigo? ——pregunta mientras pasa el libro por el escáner.

——Soy Alexander Dawson. Puede considerarme un cliente habitual a partir de ahora ——dice con una sonrisa.

——Un placer, guapo ——le dice la señora Martin——. Me alegro mucho. Entonces te voy a sellar el libro para que cuando quieras puedas venir a leerlo aquí sin tener que comprar otro libro.

——Genial ——dice con una sonrisa.

La señora Martin deja que la gente lea en su tienda siempre y cuando el libro sea comprado aquí. Ella le pone un sello muy pequeño dentro de las solapas del libro si la tiene, o sino trás la portada, y así ella puede comprobarlo cuando volvemos. Tras pagarle los libros y despedirnos de ella, nos vamos de la librería.

——Nunca había estado en esta librería.

——Es un lugar increíble. ——Sonrío——. Yo vengo una vez a la semana como mínimo. Me gusta mucho leer en esa sala.

——Es como... no sé, muy relajante ——admite. Yo asiento con la cabeza totalmente de acuerdo——. ¿Dirías que leer es lo que más te gusta del mundo mundial?

Yo me río por la expresión que ha usado pues yo lo usaba mucho de pequeña. Y él lo sabe.

——Leer es una de las cosas que más me gusta del mundo mundial ——afirmo.

——¿Y qué más?

——El mar.

——¿El mar?

——El mar ——repito——. La librería y el mar son mi escape. Son lugares a los que recurro cuando me agobio, lugares de los que no me aburro nunca y, probablemente, nunca lo haga.

Él asiente con la cabeza, con aire pensativo.

——¿Y a ti qué es lo que te gusta más del mundo mundial? ——le pregunto a él. Alex me mira con una sonrisa.

——Me gusta mucho leer. También dibujar y... ——se detiene unos segundos, indeciso.

——Venga, dímelo. ——Sonrío.

——Desde pequeño me gusta investigar.

——¿Investigar?

——Sí. Cuando se me mete algo en la cabeza, necesito buscar información sobre ello, investigar más a fondo, conocerlo del todo... Me gusta buscar información y aprender de ello.

——Qué interesante ——murmuro sinceramente. Él me sonríe de lado.

——Es algo que poca gente sabe ——admite——. Guardo mucho de lo que busco, ¿sabes? Tengo archivos en mi casa con la información impresa. A veces, cuando tengo un tiempo, lo leo.

——Me parece fascinante, Alexander.

——Gracias...

——¿Puedes decirme algunos datos random? ——pregunto mirándolo. Él sonríe y piensa un poco.

——La mantis religiosa es el único insecto que solo tiene un oído y lo tiene en el tórax.

——¿De verdad?

——Sí. Increíble, ¿verdad? ——dice animado——. Y... ¿sabes que el fuego no tiene sombra?

Yo lo pienso unos segundos y él sonríe.

——Ostras, es verdad.

——El fuego no tiene sombra porque no impide de ninguna manera el paso de la luz a través de sí.

——Podría estar todo el día escuchando datos random de estos ——murmuro con una leve sonrisa. Alex se ríe.

——Y yo podría estar contándolos durante todo el día.

6

Hoy mi padre ha reunido a todos los empleados de la revista a la sala de conferencias del edificio. No sé qué pasa y mi hermana tampoco. La última vez que nos reunimos todos, fue cuando tuvimos que despedir a casi la mitad de la plantilla por una crisis bastante chunga por la que pasó la revista. Aunque nos recuperamos y volvimos a contratar a las mismas personas, no sé cómo estamos ahora.

——A ver ——dice papá dando una palmada al aire. John, a su lado, se frota las manos.

——Están sonriendo ——susurra mi hermana——. No es nada malo.

——Nos alegra mucho comunicar que en un plazo máximo de tres meses, va a ser abierta una segunda oficina de "Century California" en Los Ángeles.

La gente empieza a murmurar por lo bajo y yo miro a mi hermana con los ojos muy abiertos. Ella me mira igual.

——¿Por qué no sabíamos nada de esto? ——susurro. Ella se encoge de hombros.

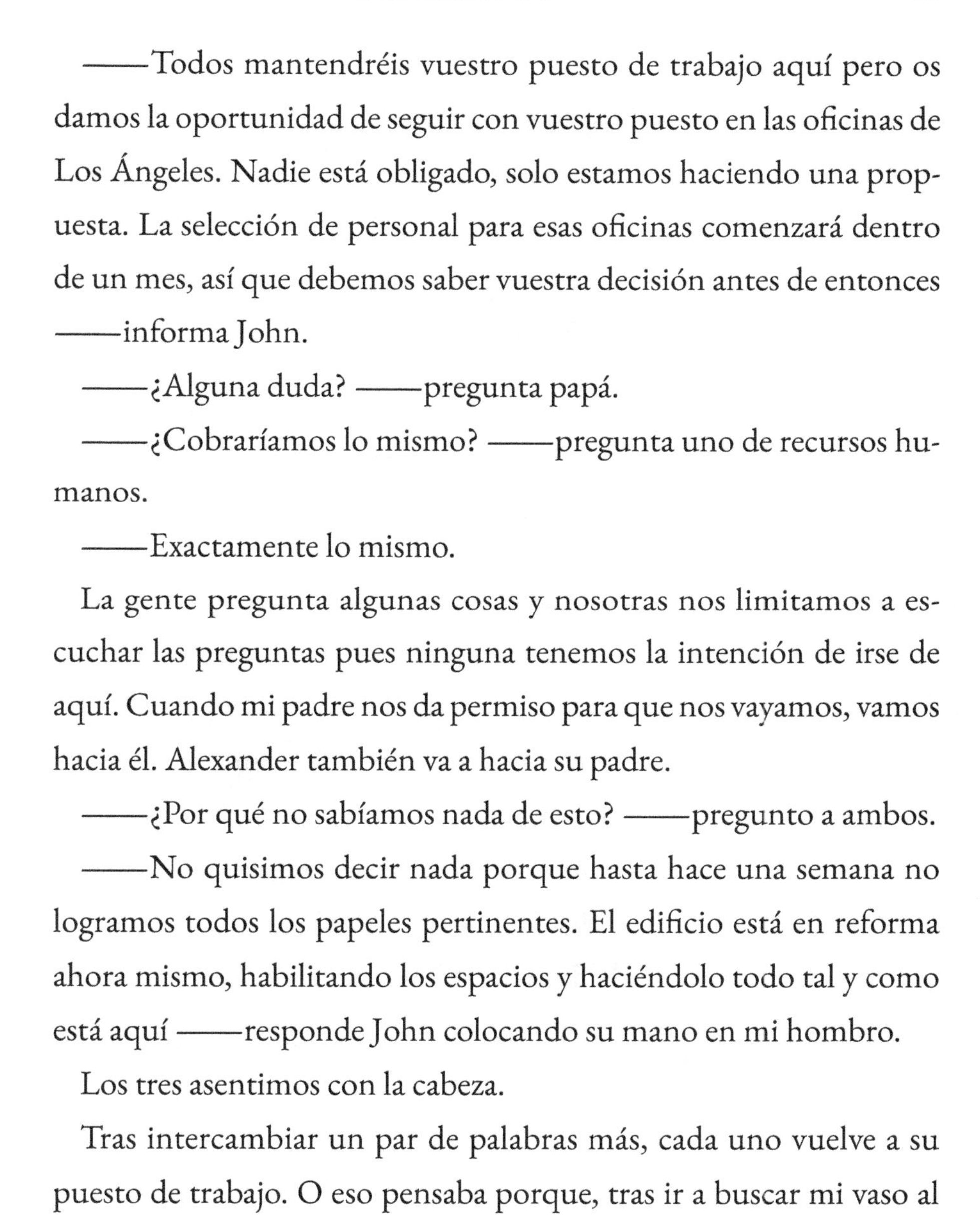

—Todos mantendréis vuestro puesto de trabajo aquí pero os damos la oportunidad de seguir con vuestro puesto en las oficinas de Los Ángeles. Nadie está obligado, solo estamos haciendo una propuesta. La selección de personal para esas oficinas comenzará dentro de un mes, así que debemos saber vuestra decisión antes de entonces —informa John.

—¿Alguna duda? —pregunta papá.

—¿Cobraríamos lo mismo? —pregunta uno de recursos humanos.

—Exactamente lo mismo.

La gente pregunta algunas cosas y nosotras nos limitamos a escuchar las preguntas pues ninguna tenemos la intención de irse de aquí. Cuando mi padre nos da permiso para que nos vayamos, vamos hacia él. Alexander también va a hacia su padre.

—¿Por qué no sabíamos nada de esto? —pregunto a ambos.

—No quisimos decir nada porque hasta hace una semana no logramos todos los papeles pertinentes. El edificio está en reforma ahora mismo, habilitando los espacios y haciéndolo todo tal y como está aquí —responde John colocando su mano en mi hombro.

Los tres asentimos con la cabeza.

Tras intercambiar un par de palabras más, cada uno vuelve a su puesto de trabajo. O eso pensaba porque, tras ir a buscar mi vaso al despacho e ir a la zona de las máquinas, me encuentro a Alexander.

—No hay café descafeinado —me dice con una mueca, mientras el café sale de la máquina hacia su vaso.

—¿No?

——No, mira.

Señala el botón de café descafeinado. Está rojo. Yo suspiro sonoramente. Pues bueno, chocolate solo. Doble. Cuando él retira su vaso, yo meto el mío y tras meter una moneda, pulso dos veces el botón del chocolate.

——No sabía que te gustaba tanto el chocolate ——dice tras darle un trago a su vaso.

——Amo todo lo que lleve chocolate: galletas, tartas, helados... ——Me encojo de hombros——. Es la cosa más deliciosa del universo.

——La cosa más deliciosa del universo es la pizza.

——Bueno, puedo darte la razón porque me encanta la pizza. Todas. Menos la tropical.

——Lo noté el día que nos vimos en el súper ——murmura mientras yo saco mi vaso de la máquina——. Llevabas como diez pizzas.

——Llavaba diez ——afirmo. Él suelta una carcajada.

——¿Comes pizza cada día o cómo va la cosa?

——No, hombre. Cada dos días. ¿De dónde crees que sale esto? ——pregunto señalando mi culo.

Alex le echa un vistazo rápido y luego me mira soltando una carcajada.

——No digas estupideces.

——No las digo ——canturreo yendo hacia mi despacho——. Que vaya bien el día, Alexander.

——Igualmente, redactora Beth-Anne Foster.

A las cuatro de la tarde hago un descanso justo cuando mi alarma suena. Me levanto la silla y estiro mi cuerpo para destensarme. El teléfono me suena en un mensaje así que lo agarro una vez he terminado de estirarme.

"Vi en tus post-it que hacías un descanso a las cuatro, así que te hablo para que no te aburras." ——Alexander.

Ni siquiera sabía que tenía su número ni él el mío.

"Alexander, eres un acosador." ——Beth-Anne.

"Yo no lo llamaría acosador. Yo lo llamaría... tener interés." ——Alexander.

"¿Interés por qué?" ——Beth-Anne.

"¿Qué haces?" ——Alexander.

"Mensajearme con un acosador ¿y tú?" ——Beth-Anne.

"Mensajearme con una morena de ojos achinados a la que le gusta mucho leer, el chocolate y que come una pizza cada dos días. Aunque yo creo que me miente y en realidad se zampa una pizza diaria." ——Alexander.

Sin poder evitarlo, suelto una risa y le respondo.

"Puede que esa chica te mienta. Tener pizza en la nevera y no comerla, es un pecado." ——Beth-Anne.

"Tendré que hablar seriamente con ella porque eso no puede ser. Si aún fueran caseras... " ——Alexander.

"Algo me dice que muchas veces las hace caseras." ——Beth-Anne.

"¿Y cómo le gustarán? Tiene pinta a gustarle la pizza con piña." ——Alexander.

"¿A quién coño le gusta la pizza con piña? Yo creo que, si tiene buen gusto, le gustará con una buena base de tomate, atún, pepperoni, cebolla y mucho queso." ——Beth-Anne.

"Si así fuera, sin duda tiene buen gusto." ——Alexander.

"¿Y cómo te gusta a ti la pizza?" ——Beth-Anne.

"Con mucho tomate en la base y con mucho queso por encima. Lo que lleve en medio ya me da igual, me lo zampo todo. Eso sí, sin piña." ——Alexander.

"Qué buen gusto, Alexander Dawson." ——Beth-Anne.

Sí, ¿verdad? ——Alexander.

Mi conversación con Alex se interrumpe cuando la alarma aparece en la pantalla. La apago y vuelvo al chat.

"Ya hablaremos, Alex. Voy a volver al lío." ——Beth-Anne.

"Está bien, Beth-Anne. Hablamos pronto." ——Alexander.

Silencio el móvil y lo meto en la rejilla, bajo la agenda, y suspiro sonoramente mientras echo mi espalda hacia atrás.

Este chico...

Como los últimos días, Alexander me acompaña a casa. Por lo visto vive solo dos calles más abajo que yo, así que le viene de paso de todas formas. Ha dejado de traer el coche al trabajo para acompañarme caminando.

Cuando llegamos a mi calle, Alexander me está contando que en Nueva York estuvo en una residencia de estudiantes y entre todos cuidaban un perro callejero a escondidas de los de seguridad. Cuando estamos a nada de llegar a mi edificio, Alex me agarra del brazo. No tengo tiempo ni de preguntarle qué pasa.

——Beth ——me llama una voz que ahora mismo desearía que estuviera apagada para siempre.

Al instante, siendo la rabia correr por mis venas. Respiro profundamente para tranquilizarme antes de hablar.

——¿Qué haces aquí?

——Me dejé el cargador del ordenador y... lo necesito ——murmura Shane mirándome.

——Por supuesto, ahora mismo te lo lanzo por el balcón.

——¡No! No ——pide mirándome——. Ya subo yo.

——Estás apañado si crees que voy a dejarte subir a mi casa.

——Te pagué el mes entero, así que, técnicamente...

——Me da absolutamente igual ——lo interrumpo——. No vas a subir.

——Beth...

——¡Que no!

——Ya te lo bajo yo ——dice Alexander agarrándome la mano y tirando de mí hacia el portal.

——Alex, no...

No me deja decir nada. Coge las llaves de mis manos, abre y nos hace entrar a ambos. Nos dirige hacia las escaleras.

——¿Por qué haces esto? ——protesto mientras subimos las escaleras.

——Porque te estabas poniendo nerviosa y no quiero que le veas más la cara a ese impresentable.

Abre la puerta del departamento cuando le indico cuál es y me hace entrar a mí antes. Me pregunta dónde está el cargador y yo se lo digo. Va a por él y, cuando lo tiene, me hace esperar aquí arriba. Me dejo caer en el sofá cuando se ha ido y Lincoln viene a mí.

Estoy... un poco confundida. Y cabreada.

Escucho la puerta cerrarse y los pasos de Alexander acercarse al salón. Se sienta en la mesita de centro, justo delante de mí, y me obliga a mirarlo.

——¿Lo has hecho porque de verdad me has visto nerviosa o porque no me ves capaz de bajarle el cargador como una persona normal y corriente?

——Me ofende que dudes de mis intenciones.

——No es eso, es que...

——Temblabas ——me interrumpe——. Joder, Beth-Anne, has comenzado a temblar nada más verlo.

Los ojos se me humedecen y, sin previo aviso, las lágrimas comienzan a bajar una por una, casi al mismo ritmo que los latidos de mi corazón. Alexander murmura algo que no entiendo y se sienta a mi lado. Me agarra de la barbilla para que lo mire.

——Algo está mal en mí, Alexander. Yo no...

——No ——me interrumpe antes de que pueda seguir hablando——. Estabas temblando de rabia, Beth-Anne. Yo también lo haría si me encontrara con la persona que me puso los cuernos en mi propia casa. No estás mal, no lo creas, por favor. Cuando las personas nos dejamos llevar por la rabia, hacemos cosas que cuerdas no haríamos.

——Siento estar siendo tan infantil, Alex.

——No lo estás siendo. Deja de criticarte ——dice chasqueando su lengua——. ¿Sabes? En la uni me pelee a hostias con un tío porque me insultó. Me llamó hijo de puta, solo eso. Me pilló en un mal día y salté nada más terminó de decirlo. Y lo molí a hostias, Beth-Anne. ¿Consideras que soy un loco o algo por el estilo?

——Por supuesto que no. Un arrebato lo puede llegar a tener cualquiera...

——Pues no te sientas mal por tan solo temblar de rabia, porque eso no es nada comparado con lo que puede llegar a hacer ese sentimiento.

Con sus pulgares limpia las lágrimas mis mejillas y luego las besa con suavidad. Me mira a los ojos.

——Eres tan tranquilizador, Alexander... ——susurro mirándolo——. Llevas aquí dos semanas y desde entonces me han tranquil izado... no sé cuantas veces ya.

Él me sonríe.

——Siempre que lo necesites, coges el teléfono y me llamas. O vienes a mi despacho en el caso de estar en la revista. No me importa decir cuatro chorradas para que estés tranquila.

——Son más que cuatro chorradas.

——Cinco o seis, vale.

Sonrío sin poder evitarlo y lo atraigo a mí para abrazarlo fuerte. Él me rodea con sus brazos y me aprieta contra él. Baja sus manos a mi cintura y me sienta su regazo con facilidad. Yo envuelvo su cuello con mis brazos y entierro mi rostro en su hombro. Respiro profundamente e intento tranquilizar mi corazón.

——Cuéntame algún dato random ——pido en un susurro.

——Los canguros machos tienen el pene bífido y las hembras tienen tres vaginas.

——Alexander, por Dios...

7

Hoy es el cumpleaños número veinte de Lydia Dawson. En realidad fue ayer, pero la cena familiar es hoy. Todas las cenas o comidas familiares que se hagan durante el año incluyen el pack "Dawson-Foster". Vamos, que mi familia y los Dawson contamos como una familia desde absolutamente siempre. Salvo el día de Navidad y Acción de Gracias, todas las comidas familiares son con ellos.

Hoy estarán los abuelos paternos de Alex y Lydia, John y Camille ——su madre——, mis padres, mi abuela Mary, mis hermanas y yo.

Tal y como he quedado con Su, ha pasado a buscarme para irnos juntas al barrio en el que viven tanto mis padres como los Dawson. Mi hermana vive con mis padres, pero había quedado con su actual lío en la casa de éste. Llegamos al cabo de diez minutos en coche y Susanne aparca delante de la casa blanca de los Dawson.

Caminamos hacia la valla del patio trasero y la abrimos. Siempre está abierta. Todos están en la cúpula sentados en la mesa y hablando. La cúpula es una recubrimiento transparente que colocan los Dawson fuera en el jardín para poder hacer comidas o cualquier cosa en el exterior cuando no hace buen tiempo. Mi hermana abre la puerta de la cúpula y entramos.

——Hola ——saludamos ambas a la vez.

Alexander aún no está aquí.

Los saludo a todos con un corto abrazo, menos a Lydia que la espachurro y beso su mejilla un par de veces. Ayer ya la vi, le di mi regalo y la felicité, pero de todas formas no me importa achucharla de vez en cuando. Me siento al lado de mi abuela Mary y beso su mejilla.

——¿Cómo estás, abuela? ——pregunto mientras acerco mi silla a la mesa.

——Genial, niña ——me dice con una sonrisa. Susanne se sienta al otro lado de la abuela.

——¿Qué hay, abuela?

——¿Qué salutación es esa? ——pregunta mi abuela dándole un leve codazo a mi hermana, haciéndonos reír a ambas.

——¿Cómo está usted, abuela?

——Prefiero que me digas eso de "qué hay" antes que tratarme de usted ——dice con cara de asco.

La abuela nos hace un interrogatorio al puro "Estilo Mary" y nosotras le respondemos todo lo que nos pregunta. Es nuestra manera de ponernos al día. Aunque hablamos continuamente por teléfono o yo la voy a ver a su casa, ahora lo hacemos menos porque no tengo tanto tiempo como cuando estudiaba.

La puerta de la cúpula se abre y por ella aparece Alexander que saluda animado a todos.

Lleva puesto un jean negro y una sudadera gris con un logo que algo que desconozco en el centro. Su pelo, como de costumbre, está despeinado. Está guapísimo. Como siempre.

Saluda a todos uno por uno con un abrazo y cuando llega a mí, me abraza por la espalda y lo hace durante unos segundos más que con el resto. Deja un beso en sien antes de pasar hacia mi abuela. Mi mirada se topa con la de Rosanne que me mira con el ceño algo fruncido. A ver si encima se va a poner celosa de que su mejor amigo me de un beso.

Todos le damos a la cháchara un buen rato hasta que Camille se levanta para ir a por la comida. Yo me levanto también y la sigo hacia la cocina.

——¿Qué llevo, Camille? ——le pregunto cuando llegamos a la cocina.

——¡Jesús! ——exclama girándose y mirándome asustada——. Qué susto, Beth.

——Lo siento. ——Río——. Pensé que me habías visto.

——Cielo santo, eres la persona más sigilosa que he conocido jamás ——dice ahora lanzando una carcajada——. Puedes llevar esta bandeja, cariño. Yo llevaré la otra.

——Perfecto.

Mientras cojo la bandeja, aparece Alexander también.

——Qué bien me vienes, rubito. Coge las dos jarras de agua, así no deberemos hacer otro viaje ——dice Camille a su hijo mientras se va hacia el jardín.

——Oído.

Alex se acerca a mí y deja un beso en mi mejilla antes de coger las jarras y seguirme hacia el patio.

——Luego te llevo a tu casa, ¿vale?

——Si no te va mal...

——Me va de paso, ya lo sabes ——dice con una media sonrisa.

Yo asiento con la cabeza y le sonrío agradecida. Entramos en la cúpula mientras mi hermana Susanne nos sujeta la puerta. Dejamos las cosas en la mesa y John se encarga de servirnos a todos, plato por plato, para que no haya líos.

Comenzamos a comer la lasaña de carne que has preparado Camille y John, y la conversación se centra en la cumpleañera. Ella está en segundo de (adivinad) periodismo. Lyd siempre ha querido dedicarse al periodismo igual que su padre y su hermano, pero con moda de por medio. ¿Sabéis quién se encargará de la sección de moda de Century California si la ven suficiente buena para ello? Sí, ella. Y seguro que lo hace perfecto.

Mientras mi abuela cotillea con la abuela de Alex y Lydia al terminar de cenar, mi hermana mueve su silla y se pone a mi lado.

——¿Por qué Rose no deja de mirarte? ¿Os habéis vuelto a enfadar? ——pregunta en un susurro.

——Le ha dicho a mamá y papá que Shane me engañó porque no me veía capaz de hacerlo yo misma.

Ella abre su boca sorprendida.

——¿De verdad?

——Sí. Y el otro día, cuando me lo dijo, me enfadé con ella y me fui de su casa. No he vuelto a hablar con ella y no voy a ser yo quien

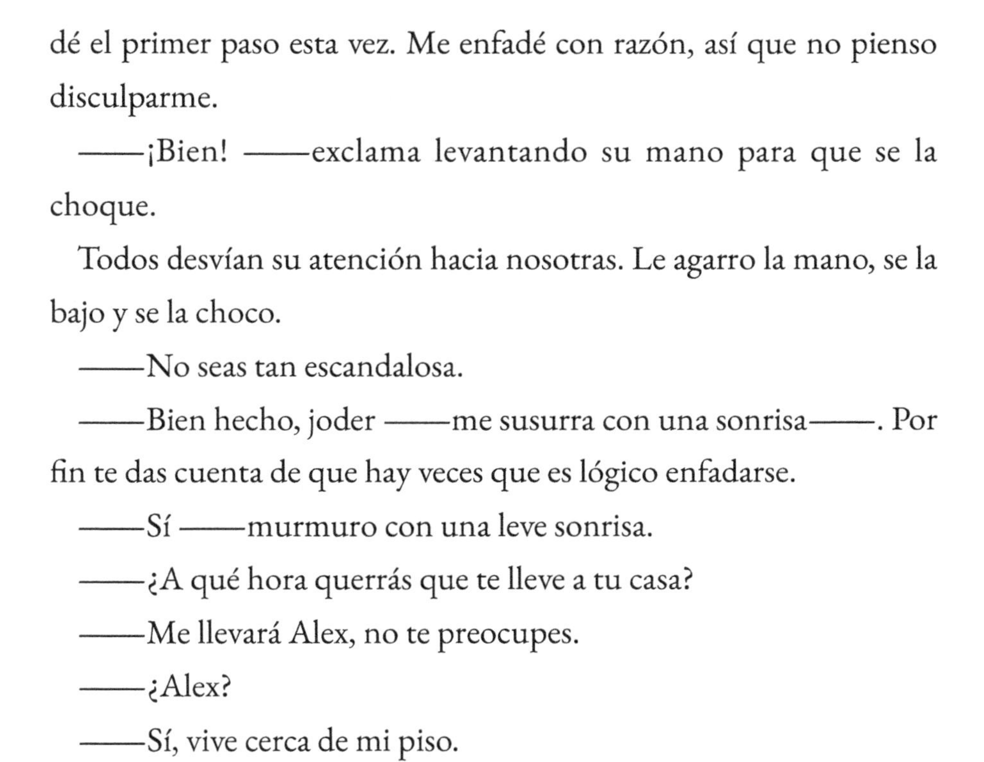

dé el primer paso esta vez. Me enfadé con razón, así que no pienso disculparme.

——¡Bien! ——exclama levantando su mano para que se la choque.

Todos desvían su atención hacia nosotras. Le agarro la mano, se la bajo y se la choco.

——No seas tan escandalosa.

——Bien hecho, joder ——me susurra con una sonrisa——. Por fin te das cuenta de que hay veces que es lógico enfadarse.

——Sí ——murmuro con una leve sonrisa.

——¿A qué hora querrás que te lleve a tu casa?

——Me llevará Alex, no te preocupes.

——¿Alex?

——Sí, vive cerca de mi piso.

Ella asiente con la cabeza y lo mira de reojo. Está hablando animadamente con su hermana y Rosanne.

Tras hacerle soplar las velas del pastel a Lydia, todos seguimos de charla con todos mientras nos lo comemos. Es de chocolate. Y yo me como tres trozos, incluyendo el trozo que la abuela Mary deja. Mamá me ha mirado varias veces con reproche, pero me da igual. El chocolate es chocolate. Nadie puede quitármelo.

Mientras escucho la conversación entre la abuela y Su, veo a Alexander bostezar por segunda vez en dos minutos. Le hago una sutil señal con la mano, pero él no me ve. Cojo el móvil y le mando un mensaje.

"Pareces tener sueño. ¿Nos vamos? ——Beth-Anne.

Él mira hacia abajo mientras se saca el móvil de los vaqueros y, tras leer mi mensaje, por fin me mira. Me dedica una pequeña sonrisa. Mientras escribe, veo que se frota los ojos con un amano. Está muerto de sueño.

"Te lo estás pasando bien. Puedo esperarme un rato aún." ——Alexander.

"Quiero irme... Si quieres esperarte un rato, está bien." ——Beth-Anne.

"Genial, porque yo también quiero irme." ——Alexander.

Sonrío e intento no soltar una risa. Está muerto de sueño y solo quiere quedarse más rato por mí. Es para matarlo. Y para besarlo.

¿Qué coño digo?

Alexander y yo nos levantamos a la vez. Tras informar que nos vamos y que él me lleva a mi casa, nos despedimos de todo y nos vamos. En vez de irnos por la puerta del jardín, nos vamos por la casa.

——Mañana por la tarde tengo pensado ir a la librería a leer un rato ——me dice Alex cuando ya estamos dentro de su coche——. ¿Quieres que vayamos juntos?

——Sí, claro ——respondo con una sonrisa.

Conduce por las calles de San Francisco mientras sus dedos tamborilean en el volante siguiendo el ritmo de la música que ha puesto en una emisora de radio estatal. Lo miro de reojo y lo pillo mirándome también. Me sonríe. Le sonrío.

Cuando llega a mi edificio, aparca enfrente y detiene el coche sin apagarlo.

——Muchas gracias por traerme ——digo mientras me desabrocho el cinturón——. ¿Nos vemos mañana?

——Por supuesto ——me dice sonriendo.

Mientras abro la puerta del coche, lo veo estirar su brazo hacia atrás y coger la bolsa que ha traído consigo desde la casa de sus padres.

——Toma.

——¿Qué es? ——pregunto mientras la agarro.

——Un táper con tarta de chocolate.

Sonrío ampliamente haciéndolo reír y casi me subo encima de él para besar su mejilla unas cuantas veces. Él se ríe mientras me sujeta por la cintura. Me aparto de él, quedando muy cerca de su rostro y le sonrío.

——Te adoro, Alexander Dawson. Un montón.

Me alejo de él con una sonrisa y salgo del coche con mi tarta en la bolsa. Me despido de la mano y le lanzo un beso antes de meterme en mi edificio.

8

El lunes por la mañana no voy a trabajar porque no tengo nada que hacer pues mañana salen las revistas y yo ya lo tengo todo listo. Me paso la mañana haciendo una pequeña limpieza en mi habitación, tirando post-it viejos, haciendo los horarios de la semana y comiendo pizza.

A las cinco y media me visto rápidamente con un jean ajustado, un jersey color lavanda ajustado al cuerpo y de cuello alto y en los pies unas converse blancas. Cojo mi mochila pequeña con mis cosas y algo de mi departamento a paso rápido.

A pesar de no ir a trabajar, tengo un compromiso y ese es ir a la librería de la señora Martin con Alexander. Ayer, cuando me ofreció ir a la librería a leer, casi le achucho las mejillas. Quería pedírselo yo, aunque no creo que me hubiese atrevido. Es bonito leer con compañía. Y más con la suya.

Cuando llego a la revista, lo espero fuera y por suerte no me hace esperar mucho.

——Hola ——me saluda con una sonrisa. Me atrae por la cintura y besa mi mejilla sonoramente.

——Hola, Alex.

——¿Vamos?

——Vamos.

Pasa su brazo por mis hombros y me atrae a él, como muchas veces hace cuando caminamos. Andamos en silencio por las calles de San Francisco dirección a la librería.

——¿Cómo ha ido tu mañana de vagos? ——me pregunta con una sonrisa.

——Muy bien. He limpiado, he hecho los horarios de esta semana y he comido piz... he comido.

Alex suelta una carcajada echando su cabeza hacia atrás y yo sonrío, sin poder evitar mirar su nuez de adán. Si es que vienen ganas de mordérsela.

¿Pero qué coño digo?

La medicación nueva me está haciendo mal.

Cuando llegamos a la librería, saludamos a la señora Martin y le enseñamos los sellos de los libros antes de irnos a la zona de lectura. Solo hay un chico al fondo leyendo en una silla. Vamos hacia el mismo sitio que la última vez. Nos sentamos ——yo esta vez sin subir los pies—— y sacamos nuestros libros.

——Te he traído una cosa ——me susurra mientras rebusca en su mochila.

De ésta saca una bolsa de papel y me la da. Yo, confundida, la cojo y la abro. Un delicioso aroma a chocolate invade todos mis sentidos.

——Bizcocho de chocolate ——susurro emocionada. Dios mío, qué hambre.

——Hace un rato que fui a comprarme algo para merendar y vi el bizcocho, y pensé que te encantaría. Así que... todo tuyo.

——Jo, Alex ——murmuro sonriéndole——. Muchas gracias. Lo partiré contigo.

——No, Beth-Anne, acabo de comerme medio bizcocho de limón de la misma pastelería. Es todo para ti.

——¿Estás seguro? ——susurro mirando de reojo al chico. Ya no está. Vuelvo a mirarlo a él——. Porque seguro que está muy bueno.

——Es tuyo.

Le doy un bocado y pongo los ojos en blanco ante tan placer gustativo. Miro a Alexander que me está mirando fijamente y me tapo la boca con mi mano libre.

——Qué bueno...

——Come y déjame ——advierte apuntándome con el dedo.

——Es que... ——le doy otro mordisco y suelto un pequeño suspiro——. Está buenísimo, Alexander.

——Bueno, dame solo un bocado y me dejas en paz.

Junto mis labios para no echarme a reír y le doy el trozo con cuidado. Le da un mordisco no muy grande y mientras lo saborea, me lo devuelve.

——Si está bueno, sí.

——¿Quieres más?

——Come y calla ——dice con diversión.

Y eso hago. Me lo termino en dos bocados, me limpio las manos con una servilleta de papel que había dentro de la bolsa y ahora sí que puedo ponerme a leer en condiciones. Me acomodo en el sofá junto a Alexander que ya ha comenzado a leer. Y yo me pongo a leer también.

——Estamos muy separados ——me susurra Alexander——. Ven aquí.

Sin previo aviso, me agarra de la cintura y me junta más a él. Mientras me acomodo contra su cuerpo, él lo hace también de forma que ambos estemos cómodos. Creo que el corazón me va a salir del pecho. Paso la página y comienzo un nuevo capítulo.

Genial, una escena erótica. ¿Cómo se lee una escena erótica con Alexander pegado a mí?

——¿Cómo va la lectura? ——me susurra en el oído al cabo de un rato, justo cuando acabo la escena erótica.

Cielo santo, menos mal.

——Bien, interesante. ¿Y la tuya?

——Me está gustando mucho. Mi favorito es el segundo.

——"Ciudad de ceniza", el mío también ——digo levantando mi cabeza para mirarlo con una sonrisa.

——Me gusta tu buen gusto ——susurra con una sonrisa, haciéndome reír.

Nos pasamos toda la tarde leyendo juntos y bromeando en voz baja de alguna que otra cosa de los libros que estamos leyendo. De vez en cuando, Alexander me acariaba el costado y se enrollaba mechones de mi pelo en los dedos. Alex me pone nerviosa, pero de la buena forma.

No me importa ni un poco distraerme de mis asuntos si es porque él me habla, me acaricia y juguetea con un mechón de pelo mío.

——En mi casa hay masa de pizza, un montón de ingredientes y chocolate para deshacer. ¿Qué me dices si vienes a mi casa y hacemos pizza para cenar? ——pregunta Alexander justo cuando salimos de la librería.

——No sé sí...

——Genial ——dice comenzando a caminar calle arriba——. Tengo de todo, así que podremos hacer cualquier pizza.

——No te he dicho que sí ——le digo con diversión.

——A mí me ha parecido escuchar que sí.

Yo sonrío negando con la cabeza.

——Venga, vamos.

Diez minutos después pasamos por delante de mi casa pero seguimos caminando por la acera sin detenernos. Alexander no ha dejado de hablar en todo el camino sobre lo que le está gustando el libro y de lo emocionado que está por poder comenzar otra de las sagas del universo de Cazadores de Sombras.

Es como un niño.

Llegamos a un edificio cercano a la revista, de ladrillo blanco y balcones negros.

——Si no te importa, yo subiré por las escaleras ——le digo a Alexander.

——Son seis pisos, Beth-Anne. ——Yo miro la escalera con una mueca y luego a él——. Vamos por el ascensor, no te pasará nada.

——¿Va rápido?

——Sí.

——Mejor…

Alex me mete en el ascensor y le da el piso seis. Me apoyo en la pared viendo como los números se van iluminando conforme vamos pasando por los pisos. Por suerte, no tardamos mucho en llegar al sexto piso.

Entramos en su departamento y me encuentro con un piso muy bonito y bien decorado. La cocina y el salón están conectados pero separados por una barra, y hay un gran balcón en el que hay un par de sillones y una mesa. En el salón hay un sofá de cuatro plazas, un puf a juego, una mesita de centro blanca a juego con la estantería llena de libros y el mueble del televisor.

——Qué bonito ——digo mirándolo todo.

——Gracias. Lo decoró Lydia por mí.

——¿Es tuyo o vives alquilado?

——Es de la abuela ——dice con una media sonrisa——. Así que vivo de alquiler.

Yo asiento con la cabeza mientras dejo mi mochila al lado de donde Alex está dejando la suya, en la mesa del comedor. Da una palmada al aire y me mira sonriendo.

——Vamos a hacer la mejor pizza del mundo.

Yo me río y asiento con la cabeza mientras voy hacia la cocina con él. Nos lavamos las manos y sacamos una masa de pizza de la nevera. Mientras yo la extiendo con el rodillo, él comienza a sacar cosas de la nevera al 'tún tún'. Que si cebolla, carne picada, aceitunas negras, atún, queso, salami, pepperoni... Un sinfín cosas. Cuando las ha sacado todas, yo l miro con diversión.

——Solo vamos a hacer una pizza, Alex ——digo riendo por lo bajo.

——Es para que veas bien lo que tengo y puedas elegir ——se defiende.

Yo me río.

——¿Elegimos tres ingredientes los dos sin contar el orégano, el tomate de la base y el queso? ——le propongo sonriendo. Él asiente de acuerdo.

——Venga, yo elijo la cebolla, las aceitunas negras y el pepperoni.

——Y yo... ——Miro los ingredientes—— atún, mozzarella y los tacos de jamón.

——Va a salir una delicia de aquí.

Media hora después nos encontramos sentados en el suelo del salón viendo la tele y comiendo la pizza que hemos cocinado. Debo admitir que está tremendamente buena y me he apuntado en el móvil los ingredientes que le hemos puesto. Alexander ya ha dicho que el mérito es suyo porque ha comprado él los ingredientes. Para darle un pellizco.

——¿Puedo preguntarte una cosa? ——me pregunta Alex mientras vemos la tele y comemos.

——Dispara.

——De pequeña tenías ataques de ansiedad ——dice cauto. Yo asiento con la cabeza——. ¿Sigues teniéndolos?

——Sí, aunque con menos frecuencia ——admito.

——¿A qué se deben?

——Cuando me pongo muy nerviosa o me enfado mucho, si no soy capaz de controlarme, tengo un ataque ——resumo——. Ahora sé controlarlo bastante mejor que antes. No tengo ninguno desde lo de Shane.

——¿Tuviste un ataque?

——Uno pequeño justo después de echarlo de casa semidesnudo——afirmo asintiendo con la cabeza——. Logré pararlo. Luego me enfadé y le tiré las cosas por el balcón.

——¿Cómo lo detienes?

——Necesito dejar de pensar en lo que me ha causado la ansiedad. Siempre lo logro, pero puedo tardar más o menos tiempo.

——¿Influye en el tiempo del ataque si te has tomado o no la medicación?

——Sí. Dura menos si me la he tomado. ¿Por qué tantas preguntas?

——Quiero saberlo. Quiero conocer tu situación y cómo actuar si algún día te ocurre estando yo presente.

Yo no puedo evitar sonreír enternecida. Es la primera persona que no es de mi familia que se interesa por mi situación y por cómo puede ayudarme. Subo mi mano hacia su mejilla y se la acaricio con mi pulgar.

——Estás haciendo más por mí en un mes que mucha gente de mi familia en veintiún años. Y, joder, te lo agradezco muchísimo.

Alexander pone su mano encima de la mía y se apoya un poco más en ella.

——No entiendo como hay gente que te trate diferente solo por ser una persona algo más impulsiva. Todo el mundo tiene sus cosas. Y odio que te hayan hecho creer cosas que no son ——murmura acariciando mi mano.

Bajo mi mano poco a poco y la dejo en su rodilla. Su mano vuela de nuevo encima de la mía.

——No sabía que tenías TDAH, ¿sabes? Yo siempre pensé que simplemente eres nerviosilla e impulsiva. Creo que encasillarte en eso ha sido el mayor error que ha podido cometer la gente. E incluyo a tus padres y a Rose. Fijarse en eso y no en el resto de cualidades que tienes es... Agh.

Me río un poco y le doy un leve apretón en la pierna.

——Me alegro mucho que hayas vuelto de Nueva York ——admito en un murmuro——. Me siento distinta cuando estoy contigo.

——¿Distinta?

——Bien. Me siento bien.

Los ojos de Alex se achinan cuando sonríe y aprieta mi mano. Sube la suya hacia mi brazo y luego la baja a mi cintura, al igual que la otra. Me levanta del suelo y me sube a su regazo para abrazarme. Yo lo abrazo por el cuello y entierro mi rostro entre su hombro y su cuello. Respiro profundamente intentando tranquilizar mi corazón, pero no lo logro con éxito pues olerlo a él no ayuda.

——Me gustaría que te quedaras a dormir conmigo ——dice Alex acariciando mi espalda.

Yo me mantengo en silencio unos segundos. Si digo que no, insistirá. Pero no sé por qué debería negarme cuando me apetece más que nada dormir con él.

——A mí también me gustaría.

Me aprieta un poco más contra él y luego me suelta, dejando un suave beso en mi frente.

——¿Acabamos de comernos la mejor pizza que jamás he probado y luego terminamos de ver la serie? ——pregunta acunándome las mejillas.

Yo asiento con la cabeza.

9

Haberme quedado con Alex en su casa ha hecho que me olvide por completo de tomarme la medicación que me toca a las diez de la noche. Son la una de la mañana y no puedo dormir por culpa de eso. No doy vueltas en la cama porque sino voy a despertar a Alex y es lo que menos quiero ahora mismo.

Ni siquiera sé si tengo las pastillas en la mochila, aún así me levanto de la cama con cuidado y me subo un poco más los pantalones de deporte que me ha prestado Alex. Salgo de la habitación dejando la puerta entornada y voy al salón donde tengo mi mochila. La busco con la linterna de mi móvil. La dejo boca arriba en la mesita de centro mientras abro mi mochila. Cuando lo hago, agarro el móvil de nuevo y busco por dentro.

Bingo.

Saco una del plastiquito y voy hacia la cocina con mi móvil. Lo dejo boca arriba de nuevo mientras me lleno un vaso de agua. Me tomo la pastilla y dejo el vaso en el fregadero. En vez de irme a la habitación, me siento en el sofá esperando que el sueño llegue a mí. Dejo mi móvil con la linterna enfocando el techo y me pego las rodillas al pecho. Suspiro mientras echo la cabeza hacia atrás.

Cierro los ojos escuchando unos pasos acercarse a mí. Alex se ha despertado.

——Siento si te he despertado ——murmuro sin moverme ni abrir los ojos.

——No me has despertado tú ——dice sentándose a mi lado. Yo lo miro y lo veo un poco adormilado y con una sonrisa——. ¿No puedes dormir? ¿Quieres que te lleve a tu casa?

——No ——me apresuro a decir——. Mi cuerpo sigue acostumbrándose a esta medicación y, cuando me la dejo, me cuesta dormir. Me había olvidado de tomármela y he venido a hacerlo. Estaba esperando a que me entrara el sueño para no dar vueltas y molestarte.

——Túmbate con la cabeza en mi regazo ——dice palmeando sus piernas. Yo lo miro dudosa——. Venga.

Me tumbo boca arriba en el sofá usando su regazo como almohada. Me pasa la mano por los ojos para que los cierre y yo lo hago. Siento su dedo dibujar líneas imaginarias por mi rostro de una forma suave. Sonrío sin poder evitarlo ni un poco. Su dedo viaja por mi frente, baja por mi mejilla y acaricia mi labio inferior con delicadeza. Peina mis pestañas con suavidad, recorre mis párpados y luego baja hacia nariz

Increíble y rápidamente voy cogiendo el sueño y se me escapa el primer bostezo. Una pequeña lágrima a causa del bostezo baja por mi sien y Alex la limpia. Siento su mano acariciar todo mi costado y baja por mis caderas y muslos hasta llegar a mis piernas. Pasa su brazo por detrás de mis rodillas, otro por mi espalda y me levanta.

——Vamos a la cama ——me susurra mientras lo abrazo por el cuello.

——Mi móvil...

——Ahora lo cogeré.

Cuando quiero darme cuenta me ha dejado encima de la cama. Se disculpa un momento y mientras me estoy cubriendo con la sábana gris, él vuelve con mi móvil en la mano. Lo deja en la mesita de noche de mi lado. Rodea la cama y se tumba a mi lado. Una vez dentro de las sábanas, se acerca a mí y deja un beso en mi frente.

——Que descanses, Beth-Anne.

——Igualmente, Alexander.

Despierto cuando mi alarma suena. Alargo mi mano hacia la mesita de noche, cojo mi móvil y apago la alarma. Miro la hora y veo que aún queda una hora para las ocho que es la hora a la que me levanto normalmente. Entonces me acuerdo de que no estoy en mi casa y de que debo ir a ducharme y vestirme.

Me siento en la cama de Alexander, en la que solo estoy yo, y estiro mi cuerpo. Me miro en el espejo de su armario y me hago una coleta alta en el pelo pues lo tengo un poco liado. Cojo mi móvil y salgo de la habitación.

Huele a café y... chocolate.

Me asomo en la cocina y veo a Alex haciendo huevos revueltos. Me apoyo en la barra y sonrío un poco mientras lo miro. Parece que ya se ha duchado porque tiene el pelo mojado y ya va vestido con ropa de calle.

——Buenos días.

Él se gira y me mira con una sonrisa.

——Buenos días ——dice mientras coge otra taza del armario de encima de su cabeza——. ¿Has dormido bien?

——Muy bien. ¿Y tú?

——También ——dice sonriendo——. ¿Café con chocolate?

——Solo si es descafeinado.

——Por supuesto.

Me sirve café y chocolate deshecho de un cazo en la taza, mete una cuchara pequeña dentro y me lo pone en la barra. Lo remuevo con una cucharita y lo miro mientras se bebe el café de su taza.

——¿Qué quieres para comer? ——me pregunta.

——Algo dulce. Pero no te preocupes, tengo en mi casa.

——¿Te gustan los bollos rellenos de chocolate?

——¿Qué clase de pregunta es esa? Claro que sí ——digo animada.

Él sonríe divertido y saca un par de bollos rellenos de chocolate de su despensa. Me los da y yo se lo agradezco con una amplia sonrisa.

Durante la mañana me he dedicarlo a hacerle una entrevista a una autora de romance histórico que se ha hecho bastante conocida últimamente después de su último lanzamiento. La mujer es de lo más enrollada y divertida, se me ha pasado volando. Incluso nos hemos tirado una hora de más hablando de cosas nuestras. Me ha caído tan bien que hasta la he invitado a café con chocolate.

A las doce voy a comprarme el almuerzo y también se lo compro a Alex. Normalmente almuerza fuera con su padre pero hoy John y papá se han ido a Los Ángeles a supervisar las cosas por la nueva sede.

Llamo a la puerta de su despacho y, cuando responde, la abro.

——Hola ——digo sonriendo un poco. Él levanta su mirada del ordenador y me sonríe ampliamente.

——Hey, Beth-Anne. ¿Qué haces aquí?

——Te traigo arroz y patata con huevo para almorzar ——digo dejando el envase en su escritorio——. Permítete un descanso y come, anda.

——Solo si te quedas a almorzar conmigo.

——Ya contaba con ello ——digo sentándome en la silla de enfrente.

Él sonríe mientras baja la pantalla del portátil y lo deja a un lado del escritorio.

Nos pasamos un buen rato hablando mientras comemos. Le pido que me hable de su experiencia en Nueva York y él me pide a mí que le cuente experiencias mías en la universidad de aquí.

——Dime una cosa que te gustaría hacer pero que nunca has hecho ——me dice Alexander cuando ya hemos terminado de comer.

——Salir del estado ——digo con una leve sonrisa——. Me gustaría salir del estado alguna vez.

——No me jodas que nunca has salido de California.

——Jamás.

——¿Dónde te gustaría ir antes?

——Me da igual. ——Me encojo de hombros——. Nueva York, Chicago, Miami... Dios, me da igual con tal de salir de San Francisco. ¿Y tú? ¿Qué cosa te gustaría hacer que aún no hayas hecho?

——Ver auroras boreales ——murmura con una sonrisa——. Bañarme desnudo en el mar o en un lago, ir a la nieve...

——¿Nunca te has bañado desnudo en un lago o en el mar? ¡Hasta yo lo he hecho!

——Siempre me ha dado vergüenza que mis amigos me vean el culo, ¿qué quieres que le haga?

Yo suelto una carcajada justo cuando alguien golpea la puerta. Alex le da paso y yo me giro para ver quién es. Mi hermana, Rosanne.

——Hola ——dice alternando su mirada en Alex y en mí——. ¿Qué hacéis?

——Hablar ——responde Alex con una sonrisa.

——Yo me iré a mi despacho a seguir con la faena ——murmuro retirando mi silla. Cojo los envases de la comida de los dos y los cubiertos——. Ya lo tiro yo fuera.

——Pero aún no...

——Tranquilo ——digo sonriéndole un poco——, ya hablaremos cuando tengas un rato.

Me despido de ambos con la mano y salgo del despacho de Alexander. Antes de ir a mi despacho, tiro a la basura los envases. Ni siquiera puedo ir a trabajar de nuevo porque mi madre aparece de la nada.

——Hola, mamá ——la saludo.

——Hola, cariño ——dice sonriendo——. ¿Cómo llevas el día?

——Bien, acabo de terminar de almorzar y ahora me iré a comenzar a pasar a limpio una entrevista. ¿Qué te trae por aquí?

——He venido a echar un ojo que todo esté bien. Tu padre llegará a la hora de cenar.

——¿Les está yendo bien?

——De maravilla ——dice contenta——. Dice que está quedando todo casi igual que aquí. Que nada más entrar, puedes pensar que es esta sede.

——Qué bien, me alegro de que vaya tan bien ——digo sinceramente y con una sonrisa.

Mamá me sonríe y acuna mis mejillas con sus manos. Me examina el rostro y yo la miro confundida.

——Estás diferente. Estás... no lo sé.

——Espero que eso sea bueno ——murmuro con una risita.

——Es genial, cariño. Ya no parece que tienes un grano en el culo todo el rato.

——¡Mamá! ——exclamo intentando hacerme la ofendida, pero no puedo porque se me escapa una carcajada.

Ella también se ríe.

——Venga, te dejo volver al trabajo. Yo voy a pulular por la planta de arriba así veo a tu hermana.

——Vale, mamá.

10

El viernes por la mañana, mientras disfruto de mi fin de semana libre comiendo palomitas remojadas en chocolate y acaricio a Lincoln, el timbre de mi casa suena. Pero no el de abajo, sino el de la puerta de mi departamento. Me levanto del sofá y voy a abrir.

——¿No es muy temprano para que estés en la puerta de mi casa? ——pregunto a Alex alzando mis cejas.

——¡No! ——exclama obvio, entrando en casa——. ¿Por casualidad no tendrás una mochila más o menos grande? Más grande que la que traes a trabajar.

——Sí, tengo la que usaba en la uni. ¿La quieres?

——Sí, pero la quiero llena con tu cargador del móvil, tu cartera y un par de mudas de ropa. Oh, y tu identificación.

——¿Qué? ¿Por qué? ——pregunto confundida.

——¿Tienes algún vecino de confianza que pueda darle de comer a tu gato durante el fin de semana?

——Sí, pero...

——Pues haz la maleta porque nos vamos.

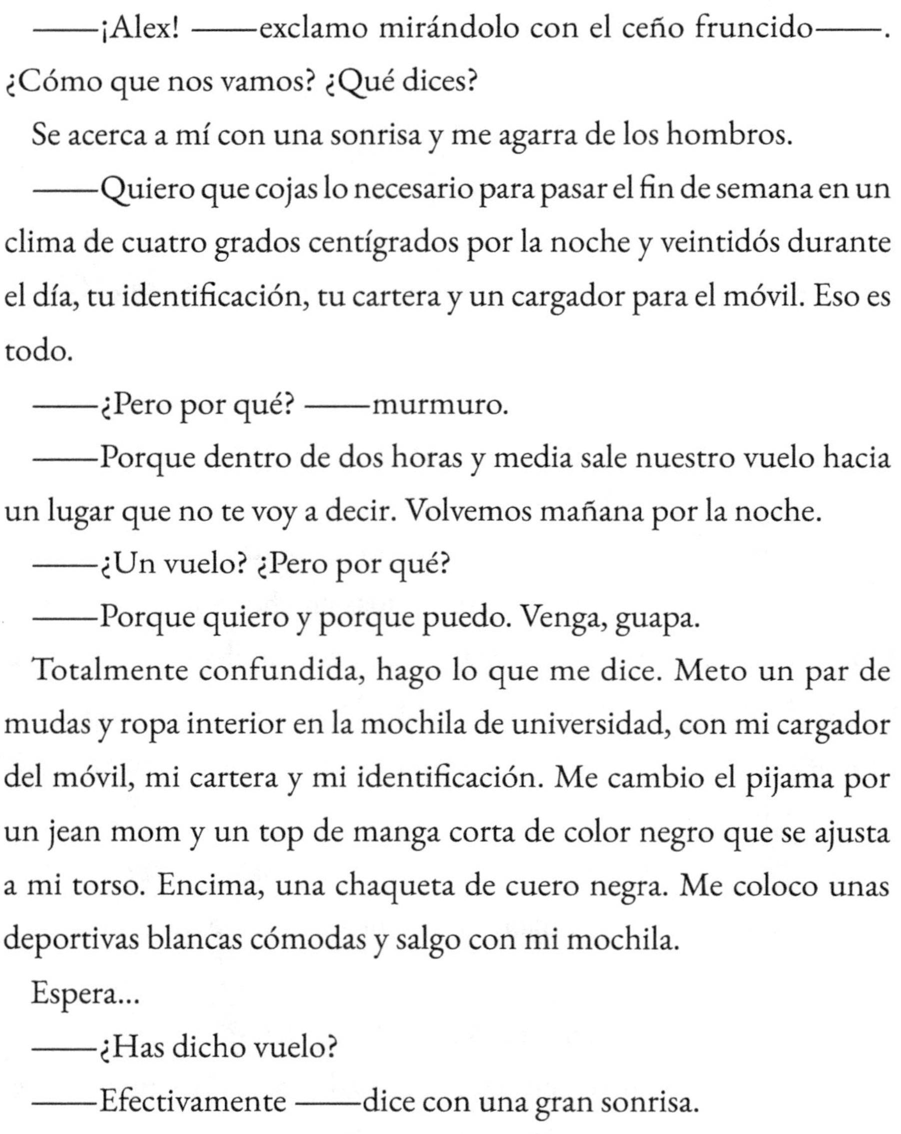

——¡Alex! ——exclamo mirándolo con el ceño fruncido——. ¿Cómo que nos vamos? ¿Qué dices?

Se acerca a mí con una sonrisa y me agarra de los hombros.

——Quiero que cojas lo necesario para pasar el fin de semana en un clima de cuatro grados centígrados por la noche y veintidós durante el día, tu identificación, tu cartera y un cargador para el móvil. Eso es todo.

——¿Pero por qué? ——murmuro.

——Porque dentro de dos horas y media sale nuestro vuelo hacia un lugar que no te voy a decir. Volvemos mañana por la noche.

——¿Un vuelo? ¿Pero por qué?

——Porque quiero y porque puedo. Venga, guapa.

Totalmente confundida, hago lo que me dice. Meto un par de mudas y ropa interior en la mochila de universidad, con mi cargador del móvil, mi cartera y mi identificación. Me cambio el pijama por un jean mom y un top de manga corta de color negro que se ajusta a mi torso. Encima, una chaqueta de cuero negra. Me coloco unas deportivas blancas cómodas y salgo con mi mochila.

Espera...

——¿Has dicho vuelo?

——Efectivamente ——dice con una gran sonrisa.

No entiendo absolutamente nada. Cuando comprobamos que lo tenga todo, bajamos persianas, relleno el plato de comida y el de bebida a Lincoln para que hoy ya no le haga falta comida. Antes de irnos del edificio, le pido a mi vecina, Sussy, que mañana por la mañana le vaya a echar un buen puñado de comida a Lincoln.

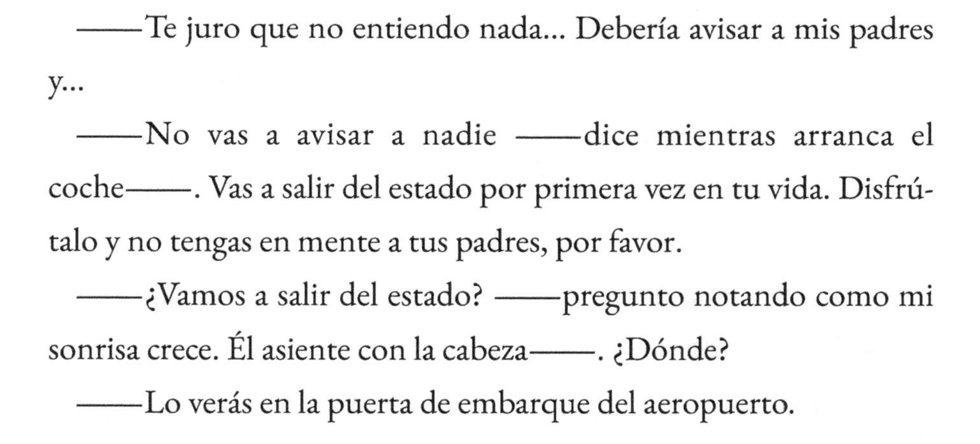

—Te juro que no entiendo nada... Debería avisar a mis padres y...

—No vas a avisar a nadie —dice mientras arranca el coche—. Vas a salir del estado por primera vez en tu vida. Disfrútalo y no tengas en mente a tus padres, por favor.

—¿Vamos a salir del estado? —pregunto notando como mi sonrisa crece. Él asiente con la cabeza—. ¿Dónde?

—Lo verás en la puerta de embarque del aeropuerto.

Las Vegas, Nevada. Me va a llevar a Las Vegas.

Mientras lo veo enseñar nuestros billetes a la azafata de la puerta de embarque, yo sigo flipando. Me agarra de la mano y me lleva por el pasillo que nos lleva hacia el avión. ¡Voy a subirme a un avión por primera vez! Unas azafatas y un par de pilotos nos reciben con una sonrisa a la puerta del avión nada más entrar.

Tengo ganas de llorar.

—Estos son los nuestros —dice cuando llegamos a la mitad del avión.

Me quita la mochila de la espalda y le coloca en el compartimento que hay encima de nuestras cabezas. También coloca la suya. Me agarra de la cintura con suavidad y me hace pasar a mí para que me siente en el lado de la ventana.

—Voy a volar por primera vez en mi vida —susurro mirando por la ventanilla.

Luego lo miro a él que se está abrochando el cinturón y mirándome. Yo también me lo abrocho.

——Y va a ser conmigo. Me siento afortunado.

——Yo me siento afortunada ——murmuro mirando todo a mi alrededor——. Dios mío, Las Vegas...

——¿Te gusta el destino? No estoy a tiempo a cambiarlo ——bromea.

——Me encanta, Alex. ——Sonrío.

——He pensado que era el destino ideal porque es una ciudad de la hostia y encima tiene réplicas de los monumentos o los conceptos más importantes de ciertos países: la Torre Eiffel, las pirámides, la estatua de la libertad...

——¿Tú has estado allí antes?

——Un par de veces. Por eso sé que te va a encantar.

——¿Pero cómo nos vamos a alojar en este hotel, Alex? ——pregunto mirando la fachada del hotel nada más bajar del taxi.

——Es solo una noche, no cuesta tanto como piensas ——me dice con una sonrisa.

Me agarra de la mano y tira de mí hacia el interior del hotel. Y no un hotel normal y corriente, sino el "New York-New York", un hotel y casino muy conocido en Las Vegas y el mundo entero. Todo el hotel tiene temática neoyorquina y tiene una jodida montaña rusa rodeando el hotel. Una. Montaña. Rusa. Mientras miro el interior de la recepción, Alex pide nuestras habitaciones.

Fuentes por aquí, lámparas gigantes súper chulas por allá... Cielo santo, ¿qué hago yo en un lugar así? ¡Si hasta puedo verme reflejada en el mármol del suelo!

Alex me saca de mi ensoñación agarrándome la mano y llevándome hacia algún lugar. Salimos del edificio en el que estamos y cruzamos una especie de patio con aspecto a centro comercial porque hay tiendas, restaurantes, gente por todos lados, una fuente central, la montaña rusa pasando por encima... Nos metemos en otro edificio y Alex me sonríe antes de meternos en un ascensor.

——Esto es lo más increíble que he hecho jamás. Hace dos horas estábamos en San Francisco...

——Pues ahora estás en Las Vegas, la ciudad del pecado ——dice subiendo y bajando las cejas. Yo me río y le doy un manotazo.

Las puertas del ascensor se abren y nos metemos en un elegante pasillo larguísimo. Yo me dejo guiar por Alex que nos lleva a una de las habitaciones cercanas al ascensor. Pasa la tarjeta y me deja pasar a mí primero.

——He cogido la habitación pequeña porque sino se me iba de presupuesto.

——Alex...

No acabo de hablar porque me quedo sin palabras al ver la habitación. Lo primero que se ve es la cama de matrimonio que es bastante alta, dos mesitas de noche bastante grandes con una lámpara cada una, una mesa tipo escritorio con una caja de bombones y una botella de vino, un sofá doble en una esquina y un televisor colgado en la pared de modo que pueda verse desde la cama. A la izquierda nada más entrar, hay un baño gigante con un plato de ducha en el que caben ocho personas por lo menos.

Camino totalmente embelesada por la habitación y salgo al balón. Hay un puto jacuzzi en el balcón. Y las vistas... Dios mío, las vistas. Ni siquiera me he fijado en qué piso estamos, pero se ve Las Vegas por completo. No me imagino cómo se verá de noche.

Quiero llorar.

Y no se queda solo en un "quiero", sino que lo hago. Me giro con los ojos totalmente empañados hacia Alexander que está apoyado en la puerta corredera del balcón mirándome con una leve sonrisa.

——No sé por qué haces esto por mí, pero es increíble. No sé si podré pagarte esto algún día, pero me esforzaré para hacerlo.

——No tienes que pagarme con absolutamente nada. Es un regalo de cumpleaños atrasado-adelantado ——dice acercándome a él tirando de mi chaqueta. Me abraza y yo lo abrazo más fuerte que nunca.

——No merezco todo esto...

——No digas gilipolleces ——dice mientras me separa de él y me mira——. ¿Quieres descansar y salir luego, o...?

——¿Estás de broma? Mañana tenemos que dejar este hotel a las cinco de la tarde, solo tenemos veintisiete horas para disfrutar de Las Vegas.

Alex me sonríe y limpia mis lágrimas con sus pulgares.

——Esa es la actitud. Venga, dejemos la ropa en el armario para que mañana no esté más arrugada que una pasa, cojamos lo esencial y vayámonos de aquí.

Las Vegas es una ciudad realmente increíble. Todos y cada uno de sus rincones lo son. Hemos estado desde las tres de la tarde viendo la ciudad, sacando fotos se absolutamente todo, incluso he probado una especie de taco vegetal con picante que me ha flipado. No hemos parado en toda la tarde y hemos cenado perritos calientes mientras caminábamos por el Strip. Tengo el móvil a petar de fotos, al igual que Alex. Tanto mías, como de los lugares, como de Alex, y de los dos.

Hacía mucho tiempo que no me dolía la cara de sonreír tanto. Hacía muchísimo tiempo que no me sentía tan bien, tan viva, tan yo. Y eso solo es gracias a Alexander y sus... impulsos.

No sé cómo se le ha ocurrido esto de traerme a Las Vegas, ni exactamente por qué lo ha hecho, pero nunca le podré pagar esto de ninguna forma. No hay dinero en el mundo que pueda pagarle lo que me hace sentir haciendo todo esto por mí. No lo hay.

Llegamos al hotel agotados pero sin sueño sobre la una y media de la madrugada. Antes de nada, decidimos cruzar la réplica del puente de Brooklyn. No queremos entrar al casino que es donde mucha gente está ahora, así que subimos a la habitación cuando ya hemos cruzado el puente y nos hemos sacado un par de fotos. Estamos muy cansados como para seguir andando.

——¿Nos metemos en el jacuzzi? ——pregunto con una sonrisa.

Alex mira el balcón y luego a mí.

——Oh, sí. ——Sonríe——. Voy a hacer que se llene y, mientras lo hace, bajaré a la tienda 24 horas del hotel para comprar algo de comida por si nos entra hambre por la noche.

——Vale.

Mientras me quito las deportivas, pone a llenarse el jacuzzi. Dice que tarda quince minutos y se despide de mí lanzando un beso antes de irse de la habitación para ir a comprar. Aprovecho que se va para ir al baño y desenredarme el pelo.

A veces odio mi pelo. Es castaño claro y ondulado, bastante bonito debo decir, pero a veces quiero cortármelo de raíz. Se me enreda con cualquier mínimo movimiento que haga y lo odio.

Cuando me lo he desenredado, me lavo el pelo con la muestra de mi champú habitual que me he traído en el neceser. Mientras me lo seco con la toalla más suave que he tocado jamás, escucho como llega Alexander. Lo seco a consciencia y, cuando le he quitado la humedad, salgo del baño.

——He comprado galletas y patatas.

——Genial.

Él va fuera a comprobar el agua y yo bajo la cabeza y me recojo el pelo para hacerme un moño flojo.

——Eso ya está ——dice Alex sonriendo mientras entra en la habitación de nuevo——. Calentita y con las sales de baño echadas.

——Tendré que meterme con ropa interior ——digo mientras me desabrocho el botón del jean——. No he traído bañador.

——Ya, yo tampoco ——admite con una leve sonrisa.

No puedo evitar mirarlo mientras se quita la ropa. Pocas veces lo he visto sin ropa. Ni siquiera sin camiseta. Dios mío, tiene un torso tan... Sus músculos están definidos pero lo justo para que no parezca una piedra, un six pack alucinantemente bien formado y unas uve que viene ganas de…

¿Pero qué me pasa?

De espaldas a él, me quito el jean y luego el top, quedándome en un conjunto lencero blanco simple. Doblo mi ropa y la dejo encima del sofá. Miro a Alex que está doblando también su ropa de espaldas a mí y no puedo evitar mirarle el trasero.

Me gustan los hombres con buen trasero, no me escondo.

Se gira para dejar la ropa en el mismo sitio que yo y su mirada sube desde mis pies, sigue por las piernas, el torso y, finalmente, nuestras miradas coinciden. Me dedica una tímida sonrisa que yo le devuelvo.

——¿Vamos? ——digo mientras voy hacia el balcón.

Él me sigue también. Joder, qué frío hace fuera.

Soy yo la primera en meter una pierna en el agua calentita. El vapor sale de ella formando suaves cenefas verticales en el aire. Meto la otra pierna y me sumerjo en el agua caliente. Suelto una especie de gemido mezclado con un suspiro y cierro los ojos, hundiendo mi cuerpo entero hasta cubrir la mitad de mis hombros. Veo como Alex deja un par de albornoces en la silla más cercana al jacuzzi y se mete poco a poco.

——Madre mía… ——murmura una vez dentro.

——Esto es la gloria.

——Ya te digo.

Me acerco al borde del jacuzzi, el cual está pegado al balcón y podemos ver absolutamente toda La Vegas.

——Ven, Alex ——pido.

Él se coloca a mi lado y suelta un leve "wow" al ver las vistas. Es una de las cosas más bonitas que he visto nunca. Desde aquí puedo ver las pirámides, las luces de la fuente del hotel Bellagio haciendo su espectáculo de madrugada, la Torre Eiffel...

——Daría lo que fuera por haber traído el bañador. Esto mojado pica ——murmuro apoyando mi barbilla en el borde.

——Si quieres puedo poner el modo espuma un rato hasta que haya cubierto la superficie y así te puedes quitar la parte de arriba.

——Sería un detalle...

Veo cómo se desplaza hacia los botones y le da a un par de ellos. La burbujas comienzan a hacerse presentes y por unos pitorros sale algo parecido al jabón, que empieza a hacer espuma al entrar en contacto con las burbujas.

Necesito esto en mi casa.

Alex lo apaga cuando la espuma ha cubierto la superficie del agua. Yo lo miro de reojo.

——¿Me lo desabrochas? ——pregunto dándome la vuelta.

No responde, pero escucho como viene hacia mí. Su cuerpo se junta un poco al mío y sus manos recorren con suavidad mi nuca y mis hombros antes de desabrocharme el sujetador.

——Gracias ——musito mientras me deshago de él.

Lo dejo caer a la silla que más cerca tengo y me giro hacia Alex. Está sonrojado gracias a los vapores del agua y apuesto que yo estoy igual. En mi caso no solo por el vapor.

——Las pecas de tu espalda... ——murmura con una media sonrisa.

——¿Qué les pasa?

——Me gustan. Siguen como una especie de camino que llevan a algún lugar.

——Nunca me las he visto ——admito.

——Date la vuelta ——pide mientras se acerca a mí.

Yo lo hago mientras apoyo mis brazos en el borde del jacuzzi y me levanto solo un poco para mostrarle de nuevo mi espalda. Siento todo su cuerpo detrás de mí. Su mano acaricia mi nuca.

——Aquí comienza el recorrido ——susurra posando el dedo en mi nuca——, y sigue bajando por aquí...

Su dedo índice dibuja un camino de lunares que bajan por mi hombro, luego hacia la espalda y recorre parte de mi columna. Luego sigue por mi costado derecho, justo hasta encontrarse hasta mi pecho.

——Y aquí termina el recorrido. O al menos hasta dónde se me está permitido cruzar ——susurra con una leve y ronca risa que, sin quererlo, hace que mis pezones se endurezcan por completo.

Respiro profundamente, aún notándolo detrás de mí. Pero ésta se me atora en la garganta cuando noto sus labios en mi nuca.

——Eres una de las personas más bellas que he conocido.

Sin poder evitarlo, me giro para mirarlo. Sus ojos están fijos en los míos. Acaricio su cuadrada mandíbula y subo hacia su pelo. Lo hecho hacia atrás con mis dos manos. Caso error porque mis pezones rozan los pectorales de Alexander. Ambos aguantamos la respiración.

——Gracias por todo... ——susurro cuando recupero todo mi aire. Bajo mis manos hacia sus hombros.

——No me las des, Beth-Anne...

Echo mi espalda hacia atrás, apoyándome en el borde, y alejándome un poco de él.

——Dime un dato random de lo más extraño, por favor ——murmuro mirándolo a los ojos.

——¿Ahora?

——Por favor.

——Mmm... La gran mayoría del polvo que limpiamos en casa está compuesto por células muertas nuestras.

Y gracias a ese dato extraño y asqueroso a la vez, el calentón que tengo baja unas décimas.

11

Sé que no puedo recompensarle a Alex por el viaje exprés, pero me he prometido hacer lo posible para hacerlo. Han pasado ya dos semanas desde que fuimos y desde entonces entre nosotros ha habido una extraña tensión. Pero no tensión de la mala, sino tensión sexual. Joder, siempre que lo veo quiero que volvamos al jacuzzi y no precisamente a hablar. Lo pillo mirándome de arriba a abajo, desviando la mirada hacia mi escote... Y esas simples mierdas acaban poniéndome caliente a mí.

Hoy es domingo. Ninguno de los dos trabajamos y he decidido llevarlo al lago Mountain. Es un lago a las afueras de San Francisco, escondido en el bosque. En verano suele haber mucha gente. Pero se me ha jodido el plan porque se ha puesto a llover. Puta primavera. Hasta había preparado la misma pizza del día que me quedé en su casa.

Cuando se lo he contado a Alex, prácticamente me ha obligado ir a su casa para que nos comamos la pizza y hagamos lo que haríamos en el lago. Yo quería bañarme, pero me vale con estar en el sofá de su casa con él.

Nada más llegar a su casa, dejo la pizza en la barra de la cocina.

——He probado un trozo mientras venía hacia aquí y reconozco que sabe igual que la otra vez ——digo con una leve sonrisa.

——Así me gusta ——dice revolviéndome el pelo.

Coloca la pizza en dos platos diferentes, me da uno de ellos y vamos hacia el salón. Dejamos los platos en la mesita y nos sentamos en el suelo como la última vez. En la tele están echando una película sobre brujas en la que sale Nicolas Cage, así que la dejamos. No se le puede decir que no a Nicolas.

Mientras comemos como posesos, me quito la sudadera pues aquí ya empieza a hacer calor. Me quedo con una camiseta de tirantes finos negra básica que suelo llevar debajo de los jerseys para no ir solo con el sujetador.

Nada más terminar, dejamos los platos en la mesita y nos quedamos en el suelo. Yo apoyo mis brazos y mi barbilla en la mesa, fijándome en el crush de mi madre. Me sobresalto un poco cuando noto la mano de Alex en mi nuca. Me encanta que me toque la nuca. Subo mis brazos para hacerme un moño despeinado y vuelvo a ponerme de la misma forma que antes, pero con la cabeza gacha para que siga acariciándome.

Y eso hace.

Su mano acaricia mi nuca con suavidad y la baja poco a poco hacia mi hombro. Entonces me doy cuenta de que está siguiendo el camino de los lunares. Sigue el recorrido incluso por encima de la camiseta, como si se conociera de memoria el sendero de mis lunares. Se detiene cuando llega a la copa del sujetador. Baja la mano por mi cintura y luego hacia mi muslo. La deja allí.

Ambos suspiramos a la vez.

No quiero que pare. Y sé que él tampoco quiere parar.

Levanto la cabeza y la giro para mirarle. Sus pupilas están tan dilatadas que sus ojos están a punto de pasar de ser azules a ser negros. No sé de dónde saco el atrevimiento de agarrarle la mano que tiene en mi muslo y la subo de nuevo a mis costillas. Pero por dentro de mi camiseta. Sus ojos están fijos en los míos y nuestras respiraciones están igual de aceleradas. Muevo mi mano hacia el centro de vientre y lo subo un poco.

Retiro mi mano y dejo la suya allí, con las puntas de sus dedos rozando los aros de mi sujetador.

El alivio y la excitación me invaden cuando su mano sigue subiendo. Muerdo mi labio inferior con fuerza cuando la posa encima de uno de mis pechos y lo aprieta por encima del sujetador. Dejo escapar un gemido cuando vuelve a hacerlo, cerrando los ojos y echando mi cabeza levemente hacia atrás.

Su mano se retira poco a poco de mi torso, pero solo unos segundos porque lleva las dos hacia el borde de mi camiseta. Levanto mis brazos y él me la quita. Este silencio me está matando y excitando a partes iguales. Con una mano lo veo empujar poco a poco la mesa de centro hacia la tele, dejando más espacio. Maldición, quiero que me bese.

Se mueve hacia adelante, hacia mí, lleva las dos manos hacia mi espalda. Desabrocha el sujetador y yo me encargo de dejarlo caer al suelo. Su respiración se vuelve más agitada, más brusca. Ahora soy yo la que le quito la camiseta a él, el cual colabora con rapidez.

——Cielo santo... ——lo escucho gruñir con la mano encima de su paquete.

——Dime qué quieres de mí, Alexander ——susurro mirándolo a los ojos.

——¿Que qué quiero de ti, Beth-Anne? ——pregunta con una voz ronca que jamás le había escuchado——. Ahora mismo quiero follarte en el suelo, contra la barra de la cocina, en el sofá, contra la pared y en cualquier jodido sitio que tengo cerca.

Llevo mis manos a mis pantalones y los desabrocho ante su atenta mirada. Me levanto del suelo y me los bajo. Me los quito junto a mis zapatos y miro a Alexander con los ojos nublados de placer.

——Quítamelas.

Y él lo hace. Las baja sin demorarse mucho y cuando ya las tengo fuera, me sorprendo al ver que me agarra de una de mis piernas y se la coloca en el hombro. Y hace algo que no me espero.

——Oh, Dios. Oh, Dios ——gimo cuando noto su boca en mi sexo.

Lo agarro fuerte del pelo y echo mi cabeza hacia atrás, gimiendo sin poder aguantarlo. Me agarra fuerte del trasero, atrayéndome más a su cara. Cuando se separa de mí, mira hacia arriba para verme a los ojos. Devuelve mi pierna a su sitio y se levanta del suelo. Me agarra la mano y la coloca justo encima de su erección.

Jadeo sin poder retenerlo.

——Nunca en mi puñetera vida alguien me había puesto tan cachondo con tan solo mirarme, Beth-Anne. Solo tú, joder ——susurra bajando su mano de nuevo.

Me acaricia y, sin que me lo espere, mete uno de sus dedos en mi interior, provocándome un gran gemido. Con su mano libre me agarra de la espalda y, no sé cómo, me tumba en el sofá. Se coloca encima de mí y su dedo aún no se mueve de mi interior.

——Te necesito, Alexander ——susurro en medio de un gemido cuando retira su dedo.

——Y yo, Beth-Anne, no te imaginas cuánto. Pero esto me ha pillado desprevenido y no tengo ni un puto condón en casa. Y no creo que pueda aguantar más. Llevo tantas semanas deseando estar dentro de ti...

——Alex...

——Dime, Beth-Anne ——susurra mirándome a los ojos.

——Acabas de comerme el coño pero aún no me has besado... ——murmuro.

Él se queda en silencio un par de segundos y suelta una risa por lo bajo. Yo hago lo mismo. Y me da la razón porque me agarra de la cintura y me levanta en volandas antes de sentarse en el sofá, conmigo a horcajadas. Siento toda su erección a través de sus pantalones clavada en mí.

Y lo hace. Sus labios colisionan con los míos en un beso deseoso, el más caliente de mi vida. Nuestras agitadas respiraciones se mezclan entre ellas, nuestras lenguas se encuentran y se acarician con ganas.

Ganas que llevan semanas reprimidas. Nuestros labios se rozan intensamente y yo me empiezo a sentir como en una nube.

Suelto su nuca y bajo mis manos a sus pantalones para liberar su erección.

——Eres... jodidamente preciosa, joder ——susurra cuando separamos nuestros labios.

——¿Siempre eres tan mal hablado cuando estás cachondo?

——Muchísimo ——dice entre dientes cuando balanceo mis caderas adelante y hacia atrás, rozándole la erección.

——Deberías tener condones ——susurro acariciando su gran masculinidad, provocándole un gemido——. Porque no descarto presentarme en tu despacho un día de estos y pedirte que me lo hagas encima del escritorio.

——Dios mío, Beth-Anne ——gime.

Yo bajo de su regazo y me coloco de rodillas entre sus piernas. Él me mira expectante, con los ojos más abiertos de lo normal.

——¿Qué? ——murmuro sujetando su base——. ¿No te gustaría, Alexander?

——¿Follarte en mi desp... ? ¡Joder!

Me saco su erección de la boca tras haberla engullido casi por completo, pero vuelvo a bajar mi cabeza, dándole todo el placer que sé y puedo con la boca. Su cabeza se echa hacia atrás y lo veo tragar saliva.

——¿Des... desde cuándo eres tan... confiada con estos... temas? ——murmura entre jadeos y suspiros.

Yo lamo su erección desde la base hasta el glande.

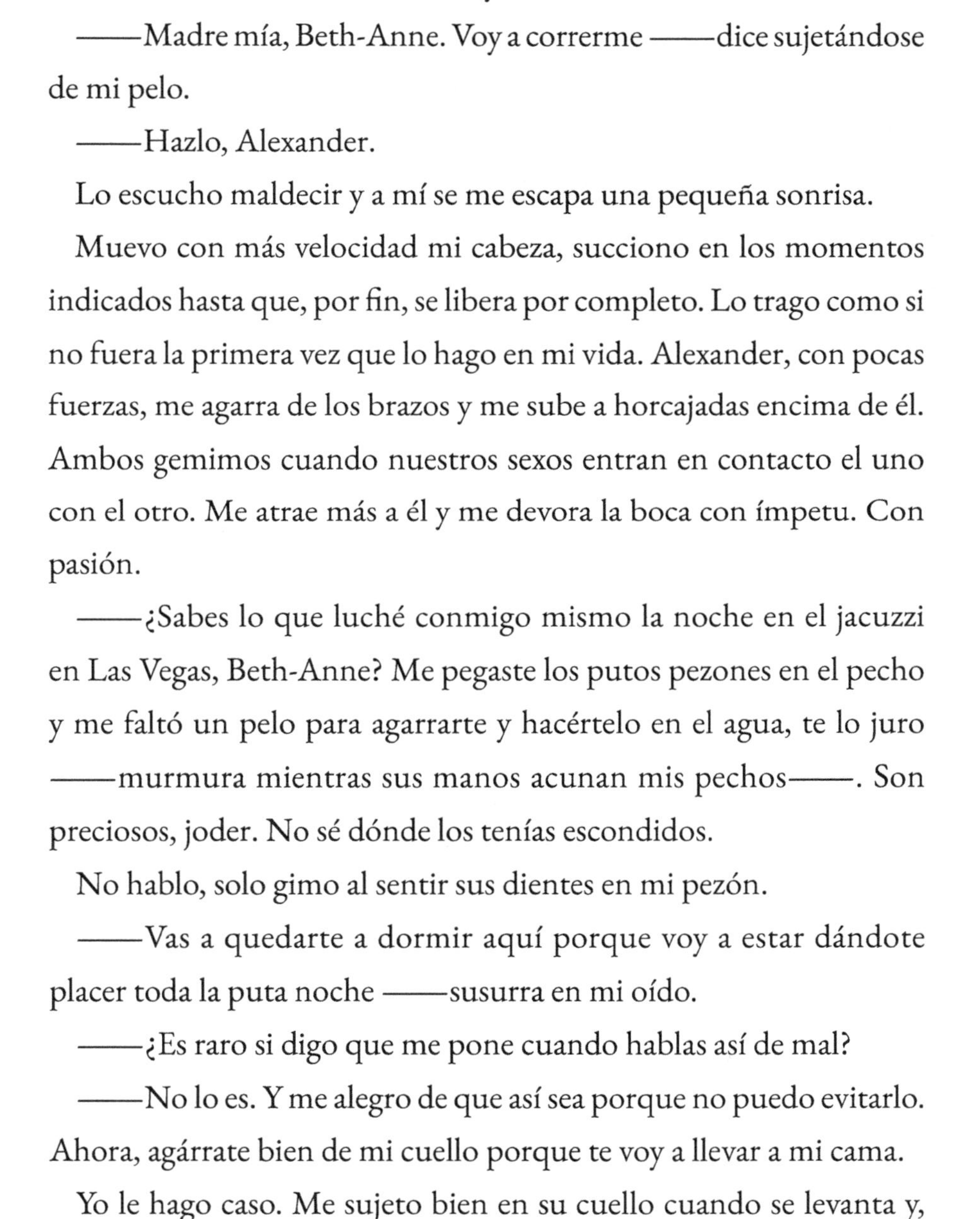

——Me desinhibo cuando estoy caliente ——admito.

——Madre mía, Beth-Anne. Voy a correrme ——dice sujetándose de mi pelo.

——Hazlo, Alexander.

Lo escucho maldecir y a mí se me escapa una pequeña sonrisa.

Muevo con más velocidad mi cabeza, succiono en los momentos indicados hasta que, por fin, se libera por completo. Lo trago como si no fuera la primera vez que lo hago en mi vida. Alexander, con pocas fuerzas, me agarra de los brazos y me sube a horcajadas encima de él. Ambos gemimos cuando nuestros sexos entran en contacto el uno con el otro. Me atrae más a él y me devora la boca con ímpetu. Con pasión.

——¿Sabes lo que luché conmigo mismo la noche en el jacuzzi en Las Vegas, Beth-Anne? Me pegaste los putos pezones en el pecho y me faltó un pelo para agarrarte y hacértelo en el agua, te lo juro ——murmura mientras sus manos acunan mis pechos——. Son preciosos, joder. No sé dónde los tenías escondidos.

No hablo, solo gimo al sentir sus dientes en mi pezón.

——Vas a quedarte a dormir aquí porque voy a estar dándote placer toda la puta noche ——susurra en mi oído.

——¿Es raro si digo que me pone cuando hablas así de mal?

——No lo es. Y me alegro de que así sea porque no puedo evitarlo. Ahora, agárrate bien de mi cuello porque te voy a llevar a mi cama.

Yo le hago caso. Me sujeto bien en su cuello cuando se levanta y, mientras camina conmigo en brazos, saco la lengua y le lamo la nuez de adán con suavidad. Entonces vuelvo a notar su erección contra mi clítoris.

——Vas a acabar conmigo esta noche ——me dice dejándome en la cama——. Pero yo te puedo asegurar que mañana estarás tan agotada que, quizás, no vayas a la revista.

12

Nunca en mi vida me había despertado con cara de un hombre entre mis piernas. Lo puedo asegurar. Y, joder, no niego que no me importaría despertarme tal y como lo ha hecho Alexander esta mañana muchísimas más. Me he dado cuenta que la excitación nos convierte a ambos en personas totalmente distintas, más desinhibidas, y que cuando el calentón ya ha desaparecido, Alex vuelve a ser el chico tierno que me acelera el corazón diciéndome cosas bonitas y yo vuelvo a ser yo, con mis idas y venidas, mis borderías y mis ganas ocultas de besarlo.

Nos hemos duchado juntos y él me ha prestado una camiseta suya para que pueda ir con ropa limpia hasta mi casa a vestirme para ir al trabajo. Así que, aquí estoy ahora, vistiéndome en mi casa y esperando a que sea la hora de ir a trabajar solo para verlo pues vendrá a recogerme. Mientras me peino con los dedos delante del espejo, me miro y no puedo evitar sonreír.

Puede sonar a tópico, pero estoy feliz. Y no solo me siento así, sino que la gente lo nota. Que mi madre me lo haya notado ya es mucho porque esta mujer no suele darse cuenta de las cosas a no ser que se las diga.

Con Alexander no hemos hablado sobre cómo vamos a actuar delante de la gente, pero la verdad es que yo prefiero que la gente no se entere de que ha pasado ——o está pasando—— algo entre nosotros. No me avergüenzo para nada, pero me considero una persona emocionalmente inestable. ¿Por qué digo eso? Porque si la gente sabe lo que hay entre nosotros, haría la cosa entre ambos un poco más seria y no puedo dejar que Alex y yo tengamos algo más en serio porque mi inestabilidad no le conviene para nada. Es un buen chico y no merece que le caiga una avalancha de mierda por mi culpa.

Cuando el timbre suena, recojo mi mochila del trabajo de la habitación y me despido de Lincoln antes de bajar a la calle. Alex sonríe al verme salir del edificio, como siempre, pero en vez de besar mi mejilla como de costumbre, besa mis labios con una suavidad arrolladora.

——Vamos ——susurra en mi labios.

Como muchas veces hace, pasa su brazo por mis hombros mientras caminamos. De camino a la revista, no dejo de pensar cómo decirle que prefiero que nadie sepa esto.

——Dime qué es lo que te está pasando por esa cabecita, Beth-Anne ——dice Alex mientras se detiene a una calle de la revista para mirarme.

——Es que... Preferiría que en público nos comportemos normal, como si no hubiese pasado nada ——murmuro cauta.

Él me mira a los ojos pero yo soy capaz de interpretarlos.

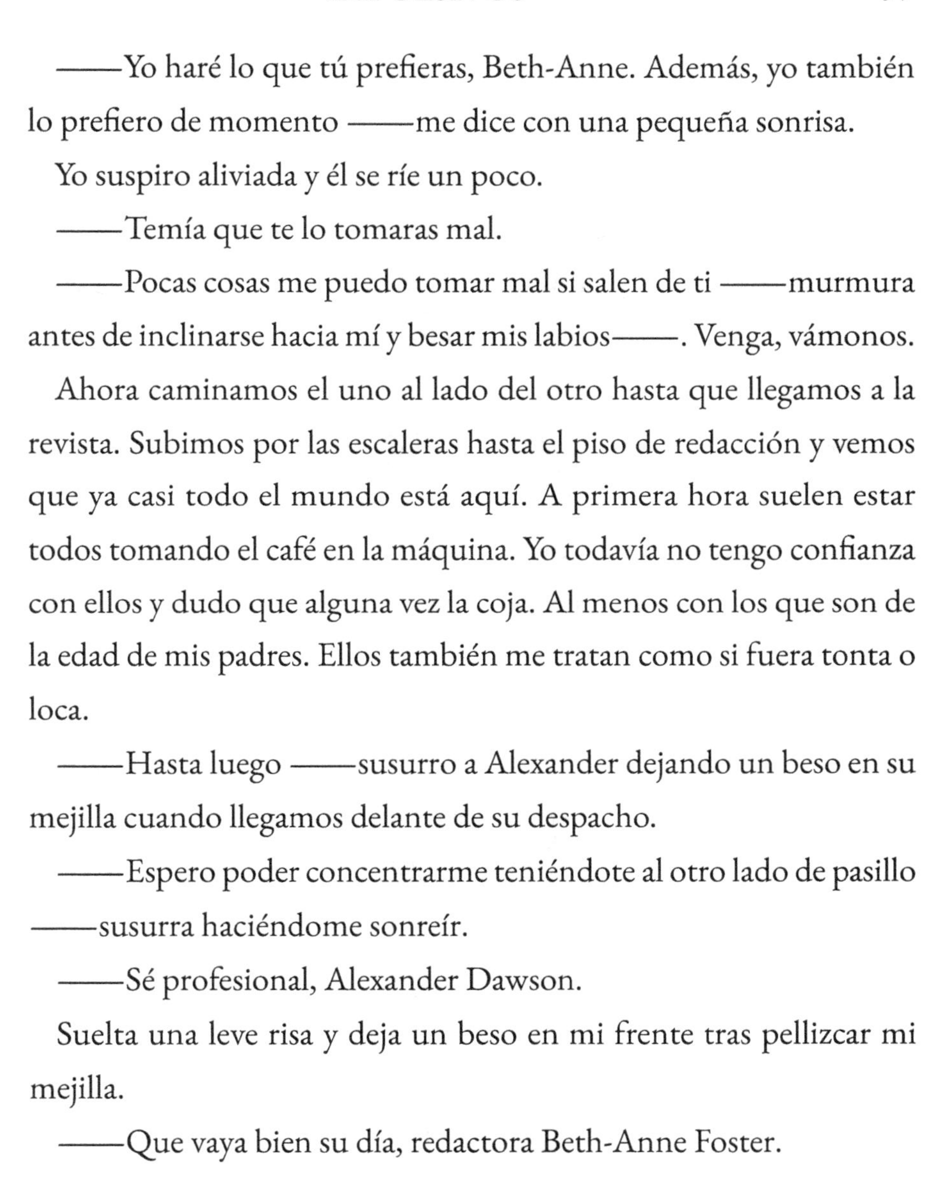

——Yo haré lo que tú prefieras, Beth-Anne. Además, yo también lo prefiero de momento ——me dice con una pequeña sonrisa.

Yo suspiro aliviada y él se ríe un poco.

——Temía que te lo tomaras mal.

——Pocas cosas me puedo tomar mal si salen de ti ——murmura antes de inclinarse hacia mí y besar mis labios——. Venga, vámonos.

Ahora caminamos el uno al lado del otro hasta que llegamos a la revista. Subimos por las escaleras hasta el piso de redacción y vemos que ya casi todo el mundo está aquí. A primera hora suelen estar todos tomando el café en la máquina. Yo todavía no tengo confianza con ellos y dudo que alguna vez la coja. Al menos con los que son de la edad de mis padres. Ellos también me tratan como si fuera tonta o loca.

——Hasta luego ——susurro a Alexander dejando un beso en su mejilla cuando llegamos delante de su despacho.

——Espero poder concentrarme teniéndote al otro lado de pasillo ——susurra haciéndome sonreír.

——Sé profesional, Alexander Dawson.

Suelta una leve risa y deja un beso en mi frente tras pellizcar mi mejilla.

——Que vaya bien su día, redactora Beth-Anne Foster.

La puerta de mi despacho se abre sin previo aviso y por ella aparece mi madre con su usual sonrisa. Debería haber puesto el pestillo. Cierra la puerta detrás de ella y se sienta en la silla que hay delante de mi escritorio.

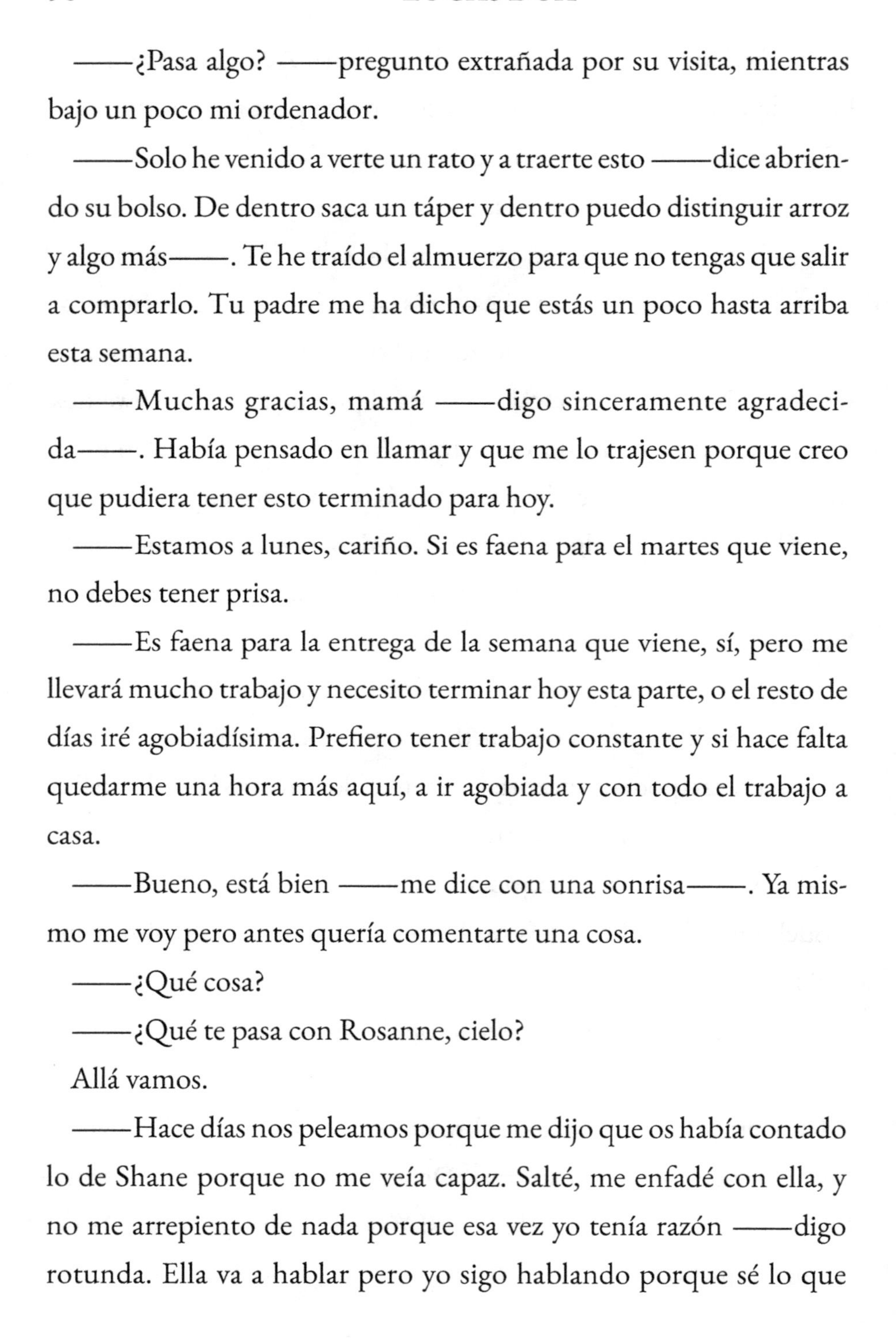

——¿Pasa algo? ——pregunto extrañada por su visita, mientras bajo un poco mi ordenador.

——Solo he venido a verte un rato y a traerte esto ——dice abriendo su bolso. De dentro saca un táper y dentro puedo distinguir arroz y algo más——. Te he traído el almuerzo para que no tengas que salir a comprarlo. Tu padre me ha dicho que estás un poco hasta arriba esta semana.

——Muchas gracias, mamá ——digo sinceramente agradecida——. Había pensado en llamar y que me lo trajesen porque creo que pudiera tener esto terminado para hoy.

——Estamos a lunes, cariño. Si es faena para el martes que viene, no debes tener prisa.

——Es faena para la entrega de la semana que viene, sí, pero me llevará mucho trabajo y necesito terminar hoy esta parte, o el resto de días iré agobiadísima. Prefiero tener trabajo constante y si hace falta quedarme una hora más aquí, a ir agobiada y con todo el trabajo a casa.

——Bueno, está bien ——me dice con una sonrisa——. Ya mismo me voy pero antes quería comentarte una cosa.

——¿Qué cosa?

——¿Qué te pasa con Rosanne, cielo?

Allá vamos.

——Hace días nos peleamos porque me dijo que os había contado lo de Shane porque no me veía capaz. Salté, me enfadé con ella, y no me arrepiento de nada porque esa vez yo tenía razón ——digo rotunda. Ella va a hablar pero yo sigo hablando porque sé lo que

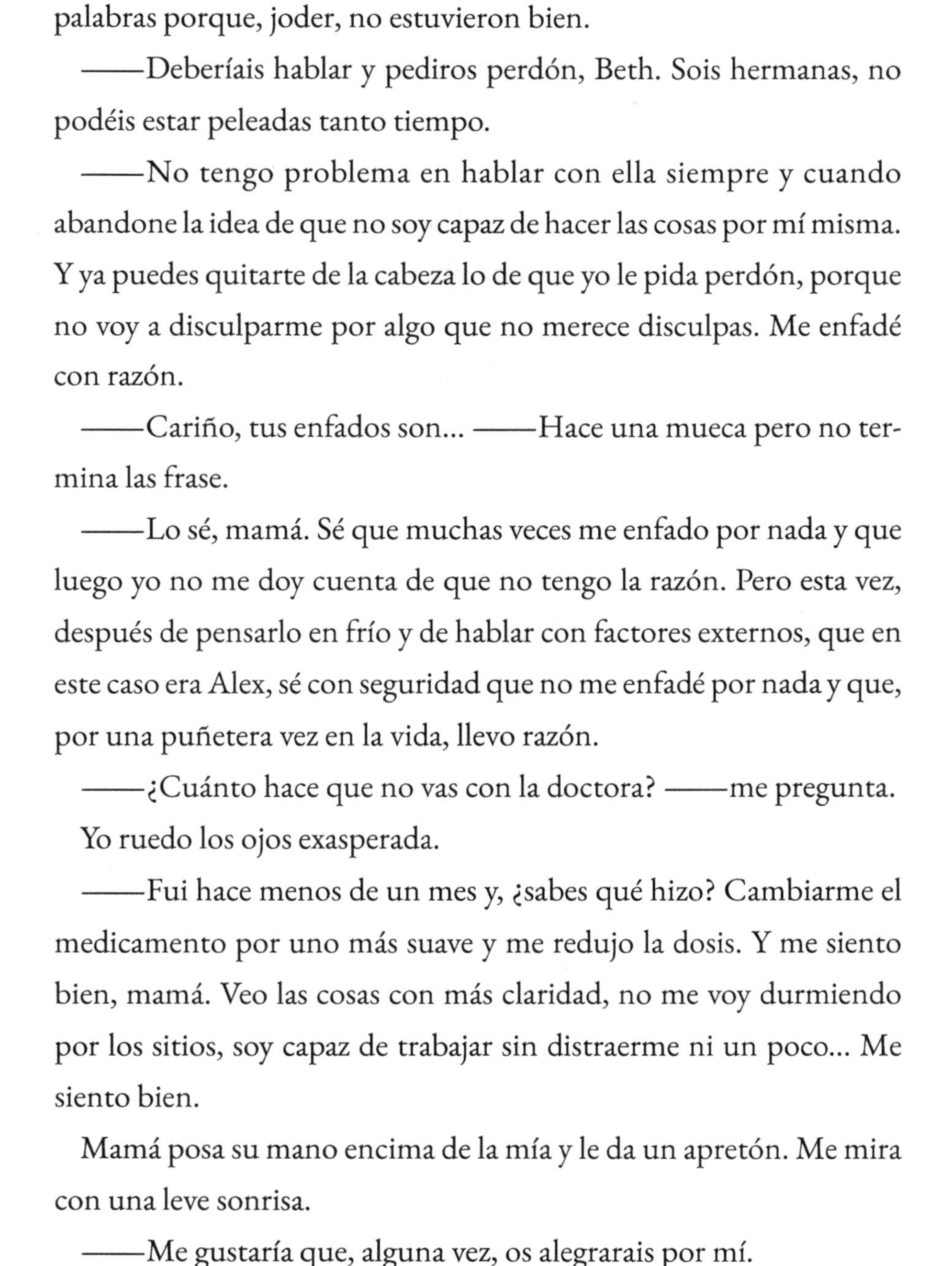

quiere decir——. Y Alexander estaba allí y hasta le reprochó sus palabras porque, joder, no estuvieron bien.

——Deberíais hablar y pediros perdón, Beth. Sois hermanas, no podéis estar peleadas tanto tiempo.

——No tengo problema en hablar con ella siempre y cuando abandone la idea de que no soy capaz de hacer las cosas por mí misma. Y ya puedes quitarte de la cabeza lo de que yo le pida perdón, porque no voy a disculparme por algo que no merece disculpas. Me enfadé con razón.

——Cariño, tus enfados son... ——Hace una mueca pero no termina las frase.

——Lo sé, mamá. Sé que muchas veces me enfado por nada y que luego yo no me doy cuenta de que no tengo la razón. Pero esta vez, después de pensarlo en frío y de hablar con factores externos, que en este caso era Alex, sé con seguridad que no me enfadé por nada y que, por una puñetera vez en la vida, llevo razón.

——¿Cuánto hace que no vas con la doctora? ——me pregunta.

Yo ruedo los ojos exasperada.

——Fui hace menos de un mes y, ¿sabes qué hizo? Cambiarme el medicamento por uno más suave y me redujo la dosis. Y me siento bien, mamá. Veo las cosas con más claridad, no me voy durmiendo por los sitios, soy capaz de trabajar sin distraerme ni un poco... Me siento bien.

Mamá posa su mano encima de la mía y le da un apretón. Me mira con una leve sonrisa.

——Me gustaría que, alguna vez, os alegrarais por mí.

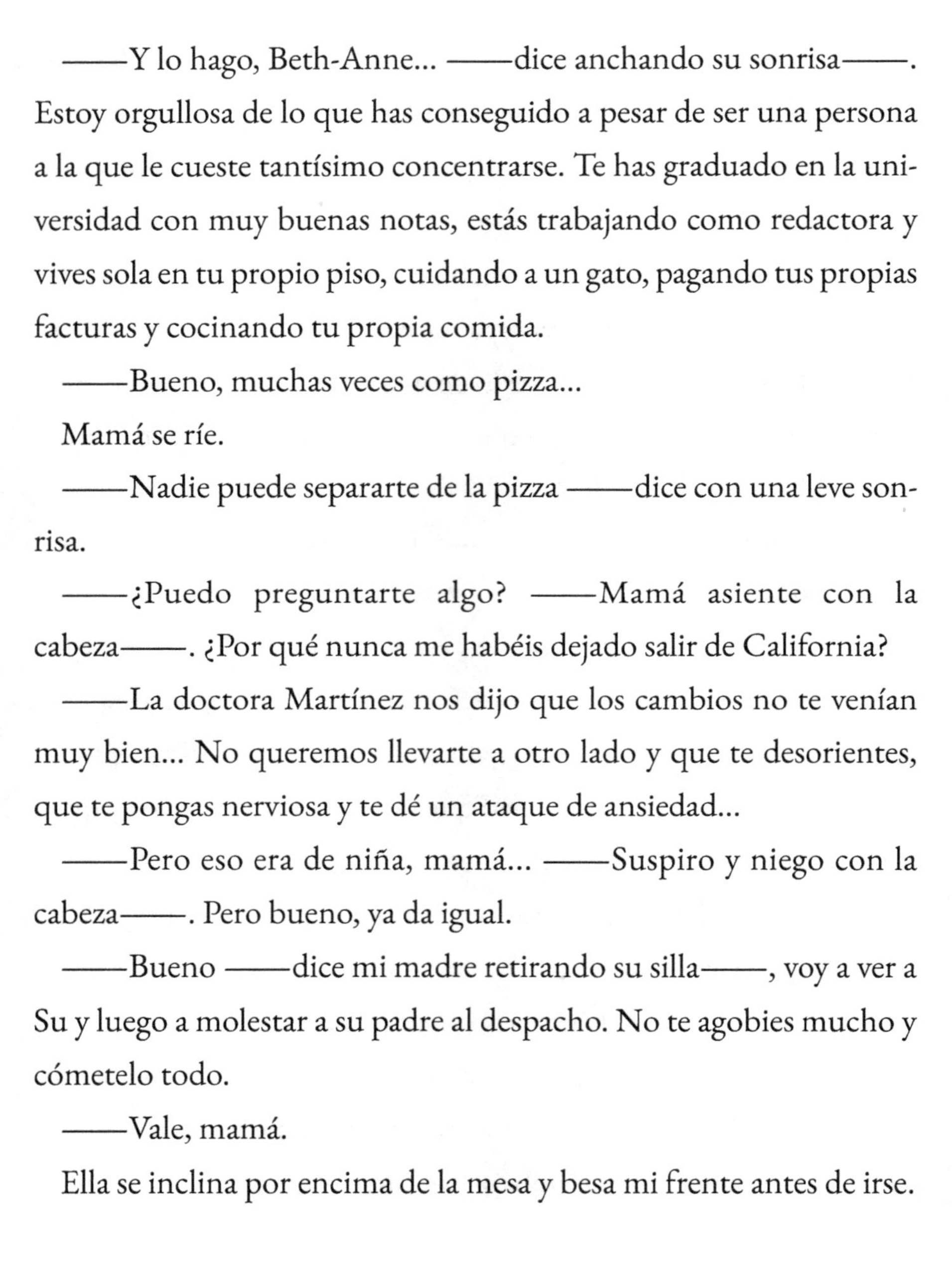

——Y lo hago, Beth-Anne... ——dice anchando su sonrisa——. Estoy orgullosa de lo que has conseguido a pesar de ser una persona a la que le cueste tantísimo concentrarse. Te has graduado en la universidad con muy buenas notas, estás trabajando como redactora y vives sola en tu propio piso, cuidando a un gato, pagando tus propias facturas y cocinando tu propia comida.

——Bueno, muchas veces como pizza...

Mamá se ríe.

——Nadie puede separarte de la pizza ——dice con una leve sonrisa.

——¿Puedo preguntarte algo? ——Mamá asiente con la cabeza——. ¿Por qué nunca me habéis dejado salir de California?

——La doctora Martínez nos dijo que los cambios no te venían muy bien... No queremos llevarte a otro lado y que te desorientes, que te pongas nerviosa y te dé un ataque de ansiedad...

——Pero eso era de niña, mamá... ——Suspiro y niego con la cabeza——. Pero bueno, ya da igual.

——Bueno ——dice mi madre retirando su silla——, voy a ver a Su y luego a molestar a su padre al despacho. No te agobies mucho y cómetelo todo.

——Vale, mamá.

Ella se inclina por encima de la mesa y besa mi frente antes de irse.

Por la tarde, sobre las cuatro que es cuando descanso, decido que ya he pasado muchas horas sin ver o hablar con Alexander, así que voy a verlo a su despacho. Llamo a la puerta y, cuando me da paso, entro. Cierro la puerta a mis espaldas y cierro con pestillo. Por si acaso.

Alex me sonríe ampliamente mientras aparta su ordenador hacia a un lado del escritorio. Retira un poco la silla de su escritorio, la cual no es de ruedas como la mía, y se palmea las piernas para que me siente. Me acerco a él y me siento de lado en su regazo. Dejo un pequeño beso en la punta de nariz y luego uno en sus labios.

——Hola ——susurro encima de ellos.

——Hola, Beth-Anne.

Acaricio su cuello y su nuca y lo atraigo a mí, besando sus labios con ímpetu. Con ganas. Nuestros labios se funden en uno, nuestras lenguas se entrelazan y acarician, y las manos de Alexander me sujetan fuerte por la cintura.

——Sabes muy bien ——susurra lamiendo con suavidad la comisura de mis labios. Yo suspiro.

——Acabo de beberme un vaso de café con chocolate ——admito.

Alex emite una especie de ronroneo mientras desliza sus labios hacia mi cuello. Lo lame, besa, chupa y muerde a su antojo. Una de sus manos pasa por encima de mis pechos hasta agarrarme por la base de la mandíbula y el cuello. Me gira la cabeza hacia el otro lado y entonces mima mi otro lado del cuello.

——Hasta tu cuello es sexy ——me susurra.

——¿Solo el cuello? ——bromeo en un susurro.

——Toda tú lo eres ——dice mientras baja su mano hacia mi trasero y lo agarra fuerte——. Me gustaría tenderte en el escritorio y...

No sigue hablando. Se traga las palabras pero yo consigo sacárselas mientras me muevo en su regazo.

——Dilo ——susurro contra su mejilla.

Sus manos me sujetan por las caderas y me presiona contra su regazo, dejándome notar su erección a través del pantalón chino que lleva puesto.

——La próxima vez que vengas al despacho, te aseguro que habrán condones en el cajón, porque te lo voy a hacer encima del escritorio.

Gimo excitada en su oído y a él lo escucho gruñir mientras levanta sus caderas un poco, dejando que lo note aún más.

——Esta tarde he quedado con mis amigos, pero mañana... ——murmura enterrando la nariz en mi cuello——. Mañana me voy a pasar toda la tarde haciéndote el amor en mi casa, Beth-Anne.

13

ALEXANDER

Habérmela encontrado en el supermercado más cercano a mi casa justo ese día fue lo mejor que me podría haber pasado tras la vuelta a San Francisco. La vi allí, en el pasillo de los productos capilares mientras jugueteaba con el pelo falso de muestra de los tintes de pelo. No la habría reconocido si no fuera por eso. Su pelo ahora estaba largo hasta casi llegar al trasero, un poco más claro que el castaño que tenía hacía años atrás y un poco más liso que antes, aunque aún ondulado. Cuando se giró y me miró sorprendida, me quedé pillado mirando sus ojos oscuros. Su rostro entero. Las mismas facciones aniñadas que siempre había tenido, los cuatro lunares enmarcando su rostro de una forma casi perfecta, la nariz chata y los labios más gruesos de lo que recordaba...

Joder, estaba preciosa.

Beth-Anne era la Foster que más guapa me parecía. Con su cuerpo lleno de curvas perfectamente formadas, unos pechos que me obligaban a desviar la mirada hacia ellos y un trasero que... Madre mía, su trasero.

Ella no se daba cuenta, pero me seducía con la mirada, caminando, hablando... Me era imposible no sentirme atraído por la mujer en la que se ha convertido Beth-Anne Foster. Y todo eso el primer día de habernos visto tras mi vuelta porque, tras hablar con ella los siguientes días, lo noté. Noté la necesidad que tenía de protegerla, de hacerla sentir bien, de entenderla ——pues es una chica incomprendida——, de estar a su lado en todo momento, de complacerla.

Podría pasarme horas escuchándola hablar. Mi tema favorito cuando me habla es ella. Cuando me habla de ella. Dios mío, podría pasarme la vida entera escuchándola hablar de sí misma. Nunca me había parado a conocer a la hermana pequeña de mi mejor amiga de toda la vida. Siempre había sido la niña nerviosa que se enfadaba por todo. Pero ahora lo entiendo todo.

Y debo reconocer que he pasado de adorar por encima de todo a Rosanne, a enfadarme y querer regañarla por haber hecho que su hermana pequeña con problemas de concentración, ansiedad e impulsividad se sintiera apartada y que era diferente al resto solo por ser como es. Es distinta al resto de personas, pero no precisamente por eso, sino por su bondad, fidelidad...

Me estoy enamorando de Beth-Anne y no puedo evitarlo. Ni puedo, ni quiero.

A las seis de la tarde me reúno con mis amigos de toda la vida en una cafetería cercana a la librería de la señora Martin. Desde que he vuelto de Nueva York solo nos hemos visto un par de veces y para tomar una copa. Nos vendrá bien un poco de tranquilidad y café en vez de cerveza o whisky.

Julen y Pharrell son mis mejores amigos —hombres— desde la secundaria cuando nos pusieron a los tres en la misma clase. Compartimos el mismo gusto por los deportes y eso fue lo que nos unió más. Son dos tíos de puta madre y los que fueron mis mayores confidentes incluso cuando me fui a la uni.

—Pues Johanne quiere casarse —murmura Julen cuando ya nos han traído los cafés a la mesa.

—Anda ya —exclamo removiendo el mío.

—Hermano, ¿qué le ha picado? —pregunta Pharrell divertido.

Julen se echa el pelo hacia atrás y suspira apoyando sus codos en la mesa.

—Está embarazada.

Abro mis ojos sorprendido y alzo mis cejas. Vaya, esto no me lo veía venir ni de lejos. Pharrell suelta una carcajada.

—Hostia, tío —dice él apaciguando su risa—. ¿Y qué vais a hacer?

—Tenerlo, por supuesto. —Se encojo de hombros—. Johanne están tan feliz... Su madre murió hace poco de cáncer, sé que tener un bebé ahora haría que volviera a ser ella. Y... bueno, a mí me hace ilusión ser padre, no os voy a engañar.

—Estoy flipando —admito.

—¿Y a lo de la boda qué?

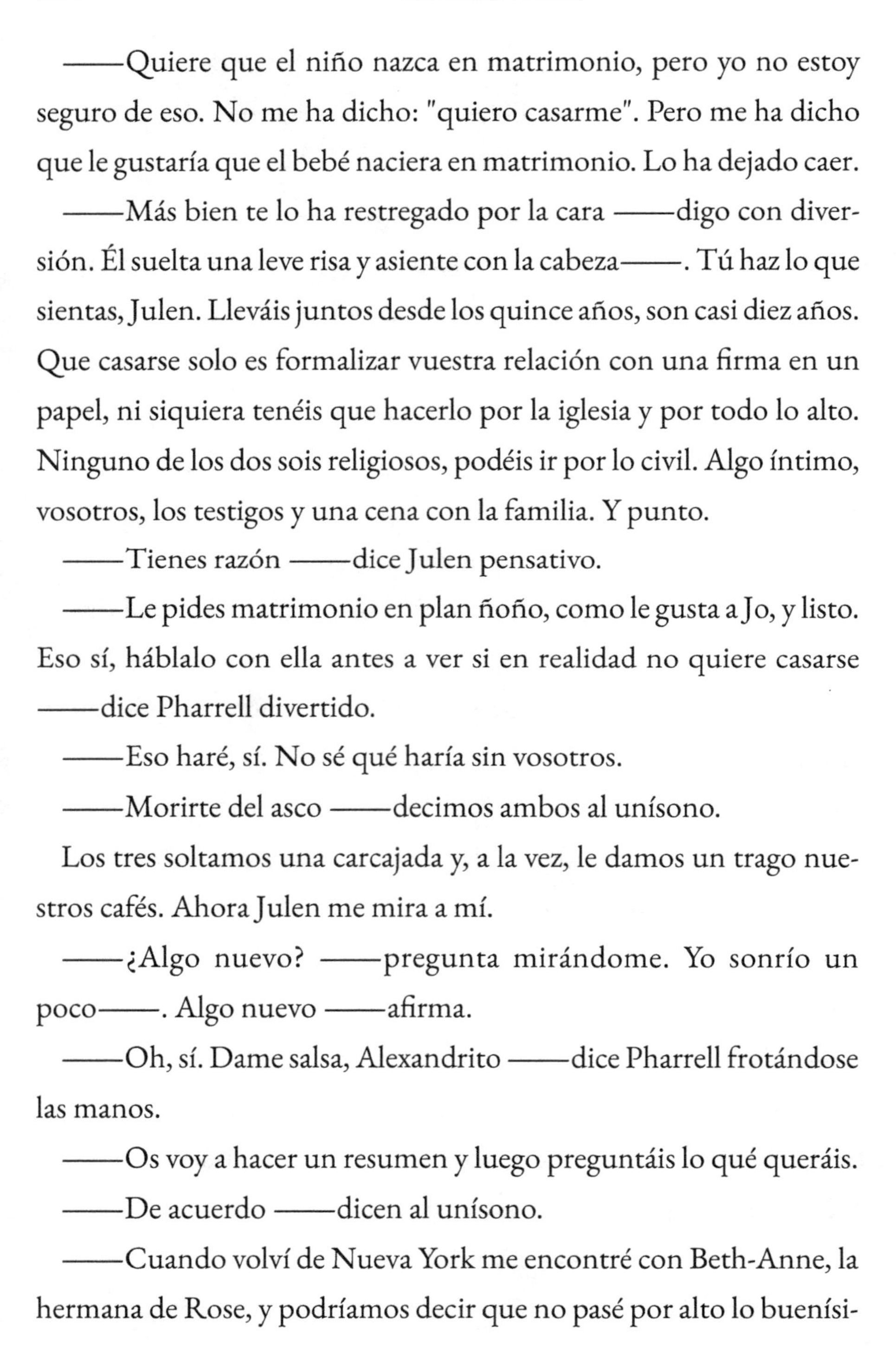

——Quiere que el niño nazca en matrimonio, pero yo no estoy seguro de eso. No me ha dicho: "quiero casarme". Pero me ha dicho que le gustaría que el bebé naciera en matrimonio. Lo ha dejado caer.

——Más bien te lo ha restregado por la cara ——digo con diversión. Él suelta una leve risa y asiente con la cabeza——. Tú haz lo que sientas, Julen. Lleváis juntos desde los quince años, son casi diez años. Que casarse solo es formalizar vuestra relación con una firma en un papel, ni siquiera tenéis que hacerlo por la iglesia y por todo lo alto. Ninguno de los dos sois religiosos, podéis ir por lo civil. Algo íntimo, vosotros, los testigos y una cena con la familia. Y punto.

——Tienes razón ——dice Julen pensativo.

——Le pides matrimonio en plan ñoño, como le gusta a Jo, y listo. Eso sí, háblalo con ella antes a ver si en realidad no quiere casarse ——dice Pharrell divertido.

——Eso haré, sí. No sé qué haría sin vosotros.

——Morirte del asco ——decimos ambos al unísono.

Los tres soltamos una carcajada y, a la vez, le damos un trago nuestros cafés. Ahora Julen me mira a mí.

——¿Algo nuevo? ——pregunta mirándome. Yo sonrío un poco——. Algo nuevo ——afirma.

——Oh, sí. Dame salsa, Alexandrito ——dice Pharrell frotándose las manos.

——Os voy a hacer un resumen y luego preguntáis lo qué queráis.

——De acuerdo ——dicen al unísono.

——Cuando volví de Nueva York me encontré con Beth-Anne, la hermana de Rose, y podríamos decir que no pasé por alto lo buenísima que está ——admito con una leve sonrisa mientras remuevo mi café——. No sé como pero comenzamos a estar bastante unidos: íbamos juntos al trabajo, volvíamos también juntos, pasábamos los descansos en su despacho o el mío, venía a mi casa algunas tardes o fines de semana, o yo a la suya... Hace casi tres semanas fuimos juntos a Las Vegas y ayer nos besamos y algo más.

Ahora la pregunta es... ¿por qué me miran como si la hubiese dejado embarazada, como Julen a Jo?

——Te estás tirando a la hermana de Rose ——afirma Julen.

——En realidad no nos hemos acostado.

——Te has enamorado de la hermana de Rose ——corrige Pharrell.

——Iría al infierno por mentiroso si te negara eso.

——¡La hostia! ——exclama Pharrell tapándose la boca con las dos manos——. Pero... ¿con la hermana de Rose? ¿Estás seguro, tío? Sabes como es Rose, cree que eres suyo y de nadie más.

——Eso era en la secundaria, esa etapa ya ha pasado ——digo riendo un poco——. De todas formas, como no tenemos nada serio hemos decidido no sacarlo a la luz.

——¿Estás enamorado pero no es nada serio?

——Nos besamos ayer por primera vez, tampoco ha dado tiempo de procesarlo todo.

——Oye, pero... ¿Beth no es la que tenía un problema o algo? ——pregunta Julen inseguro. Yo frunzo el ceño——. Eso decía Rose.

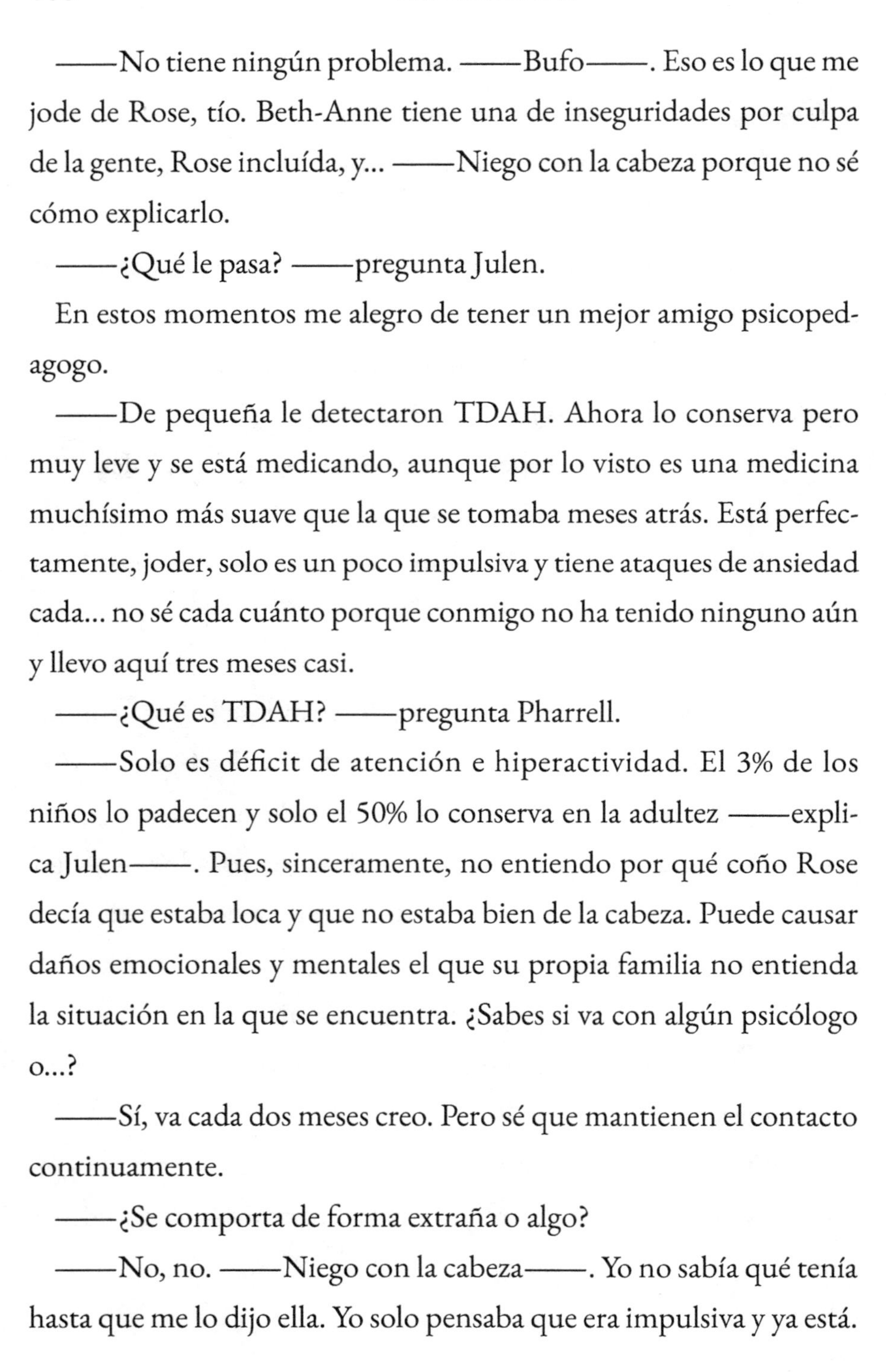

——No tiene ningún problema. ——Bufo——. Eso es lo que me jode de Rose, tío. Beth-Anne tiene una de inseguridades por culpa de la gente, Rose incluída, y... ——Niego con la cabeza porque no sé cómo explicarlo.

——¿Qué le pasa? ——pregunta Julen.

En estos momentos me alegro de tener un mejor amigo psicopedagogo.

——De pequeña le detectaron TDAH. Ahora lo conserva pero muy leve y se está medicando, aunque por lo visto es una medicina muchísimo más suave que la que se tomaba meses atrás. Está perfectamente, joder, solo es un poco impulsiva y tiene ataques de ansiedad cada... no sé cada cuánto porque conmigo no ha tenido ninguno aún y llevo aquí tres meses casi.

——¿Qué es TDAH? ——pregunta Pharrell.

——Solo es déficit de atención e hiperactividad. El 3% de los niños lo padecen y solo el 50% lo conserva en la adultez ——explica Julen——. Pues, sinceramente, no entiendo por qué coño Rose decía que estaba loca y que no estaba bien de la cabeza. Puede causar daños emocionales y mentales el que su propia familia no entienda la situación en la que se encuentra. ¿Sabes si va con algún psicólogo o...?

——Sí, va cada dos meses creo. Pero sé que mantienen el contacto continuamente.

——¿Se comporta de forma extraña o algo?

——No, no. ——Niego con la cabeza——. Yo no sabía qué tenía hasta que me lo dijo ella. Yo solo pensaba que era impulsiva y ya está.

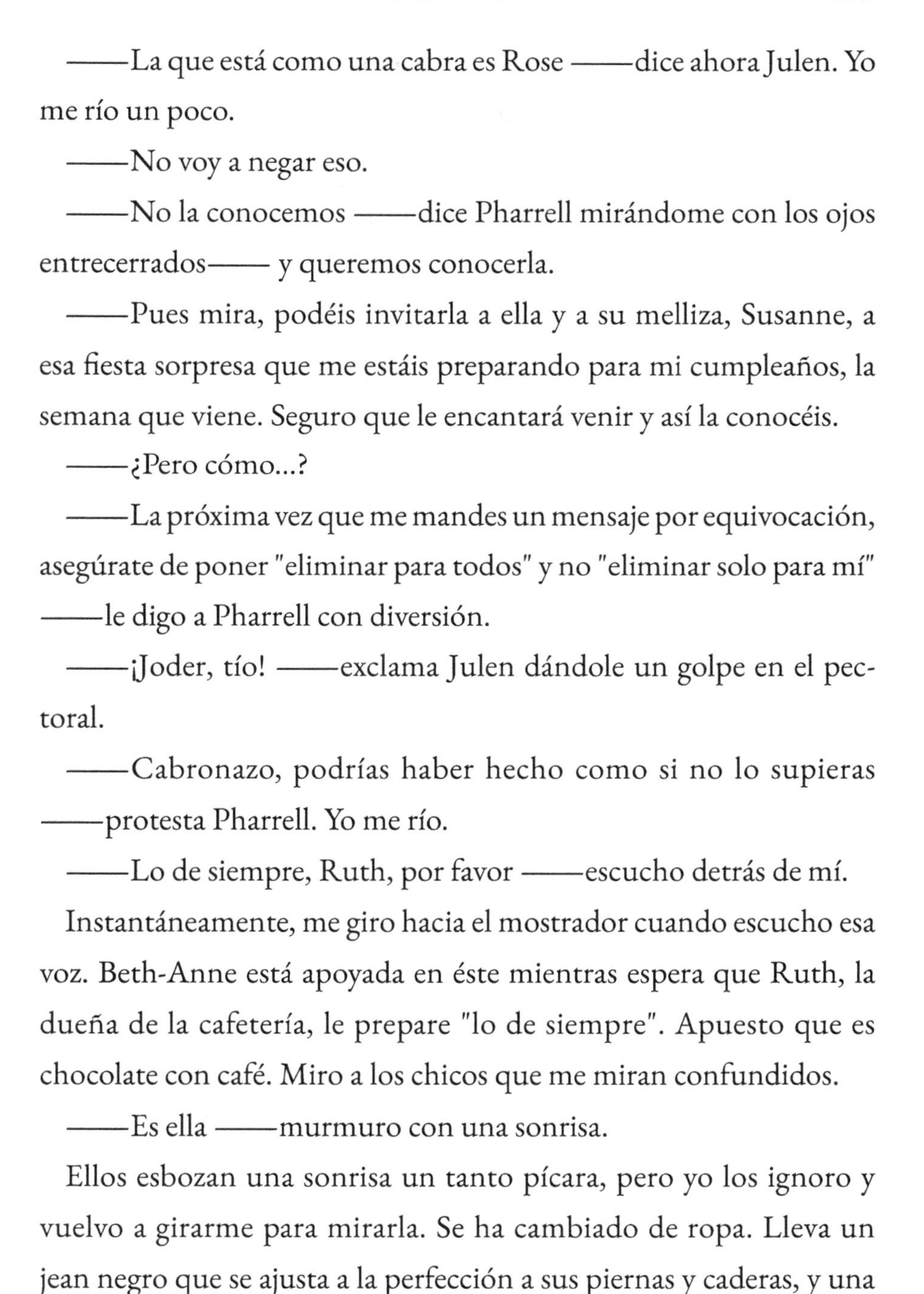

——La que está como una cabra es Rose ——dice ahora Julen. Yo me río un poco.

——No voy a negar eso.

——No la conocemos ——dice Pharrell mirándome con los ojos entrecerrados—— y queremos conocerla.

——Pues mira, podéis invitarla a ella y a su melliza, Susanne, a esa fiesta sorpresa que me estáis preparando para mi cumpleaños, la semana que viene. Seguro que le encantará venir y así la conocéis.

——¿Pero cómo...?

——La próxima vez que me mandes un mensaje por equivocación, asegúrate de poner "eliminar para todos" y no "eliminar solo para mí" ——le digo a Pharrell con diversión.

——¡Joder, tío! ——exclama Julen dándole un golpe en el pectoral.

——Cabronazo, podrías haber hecho como si no lo supieras ——protesta Pharrell. Yo me río.

——Lo de siempre, Ruth, por favor ——escucho detrás de mí.

Instantáneamente, me giro hacia el mostrador cuando escucho esa voz. Beth-Anne está apoyada en éste mientras espera que Ruth, la dueña de la cafetería, le prepare "lo de siempre". Apuesto que es chocolate con café. Miro a los chicos que me miran confundidos.

——Es ella ——murmuro con una sonrisa.

Ellos esbozan una sonrisa un tanto pícara, pero yo los ignoro y vuelvo a girarme para mirarla. Se ha cambiado de ropa. Lleva un jean negro que se ajusta a la perfección a sus piernas y caderas, y una sudadera de la universidad de aquí. Veo como Ruth le da el vaso y ella le paga. Mientras espera el cambio, yo levanto mi mano. Beth-Anne parece verme porque gira su cabeza hacia aquí. Sonríe sorprendida y desvía su mirada cuando Ruth le devuelve el cambio.

Se mete el dinero en el bolsillo y se acerca a nosotros cuando le hago una señal para que se acerque. Su mano acaricia mi nuca sutilmente y baja hacia mi hombro.

——Hola ——saluda con una tímida sonrisa——. No esperaba verte aquí.

——Ni yo a ti. ¿Dónde vas?

——A la librería a comprar un par de libros.

——Mira ——digo poniendo mi mano encima de la suya en mi hombro——, ellos son Pharrell y Julen. Creo que no os conocéis. Ella es Beth-Anne.

——No he tenido el gusto ——dice ella con una leve sonrisa——. Un placer, chicos.

——Igualmente, Beth-Anne ——dicen al unísono.

——Os agradecería muchísimo si solo me llamarais Beth a secas. A este señor no hay manera de convencerle con que me llame así.

——Sí, mejor Beth, es más corto ——dice Pharrell sonriéndole——. Por cierto, le estamos preparando una fiesta sorpresa a Alex por su cumpleaños y queríamos invitarte. A ti y a Susanne.

——¿Una fiesta sorpresa? ——murmura confundida mirándolos——. No sé si sabíais que, si es una fiesta sorpresa, se supone que el cumpleañero no debe saberlo.

Julen carcajea.

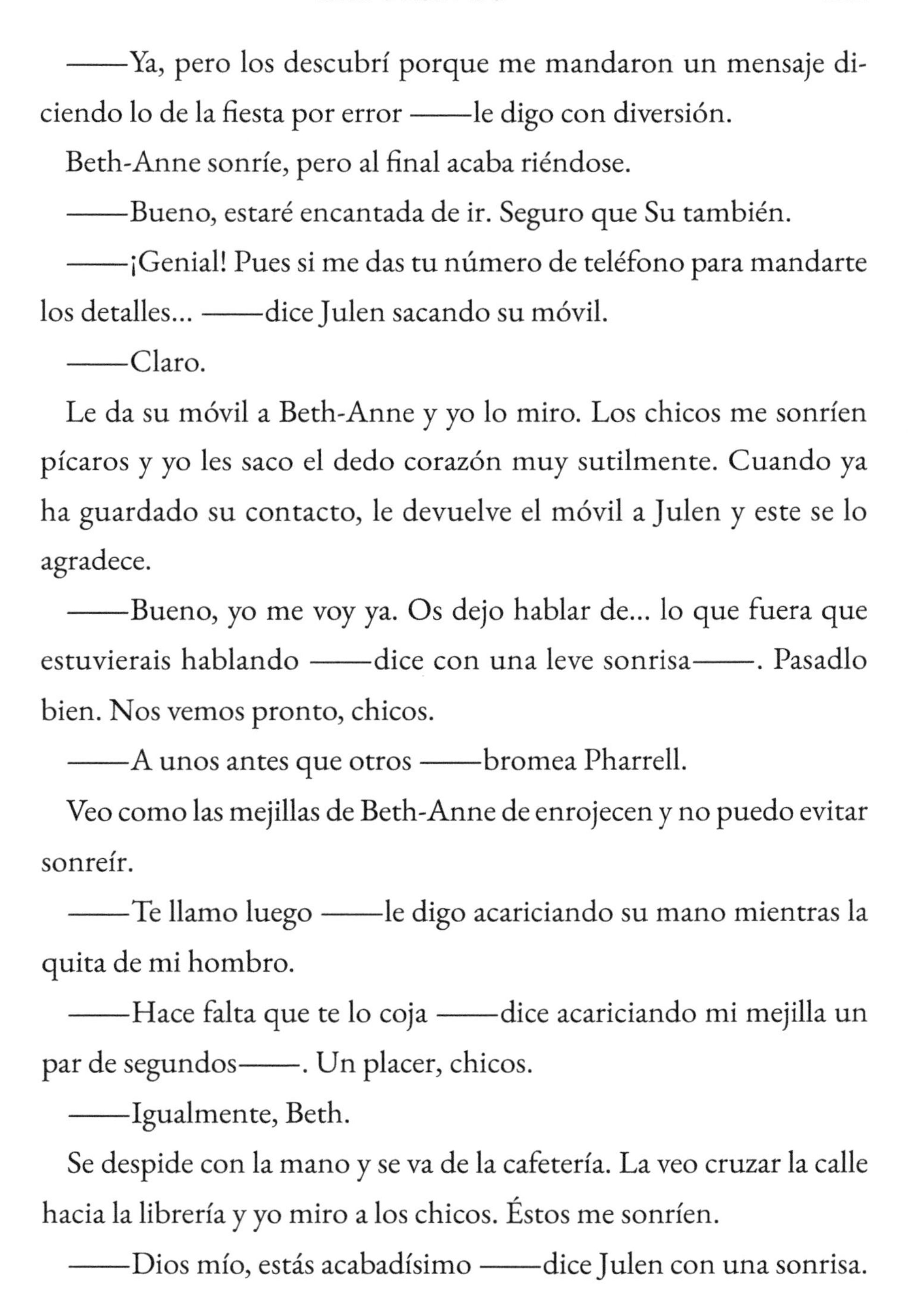

——Ya, pero los descubrí porque me mandaron un mensaje diciendo lo de la fiesta por error ——le digo con diversión.

Beth-Anne sonríe, pero al final acaba riéndose.

——Bueno, estaré encantada de ir. Seguro que Su también.

——¡Genial! Pues si me das tu número de teléfono para mandarte los detalles... ——dice Julen sacando su móvil.

——Claro.

Le da su móvil a Beth-Anne y yo lo miro. Los chicos me sonríen pícaros y yo les saco el dedo corazón muy sutilmente. Cuando ya ha guardado su contacto, le devuelve el móvil a Julen y este se lo agradece.

——Bueno, yo me voy ya. Os dejo hablar de... lo que fuera que estuvierais hablando ——dice con una leve sonrisa——. Pasadlo bien. Nos vemos pronto, chicos.

——A unos antes que otros ——bromea Pharrell.

Veo como las mejillas de Beth-Anne de enrojecen y no puedo evitar sonreír.

——Te llamo luego ——le digo acariciando su mano mientras la quita de mi hombro.

——Hace falta que te lo coja ——dice acariciando mi mejilla un par de segundos——. Un placer, chicos.

——Igualmente, Beth.

Se despide con la mano y se va de la cafetería. La veo cruzar la calle hacia la librería y yo miro a los chicos. Éstos me sonríen.

——Dios mío, estás acabadísimo ——dice Julen con una sonrisa.

¡Después de este capítulo quedan solo cuatro más para el epílogo final!

14

El sábado que viene es el cumpleaños de Alex y sus amigos han preparado un fiesta "sorpresa" en la sala privada de un pub muy conocido de San Francisco. Ni siquiera sabía que era su cumpleaños y algo me dice que él no me lo hubiese dicho. Me he pasado toda la noche pensando con qué puedo regalarle, pero no se me venía nada a la cabeza. Hasta que esta mañana, mientras hablábamos y tomábamos el café ——con chocolate en mi caso——, se me ha iluminado la bombilla cuando ha mencionado que es seguidor de Los Lakers desde bien pequeño.

Juego con la ventaja de que el hermano de una de mis mejores amigas, Mona ——la cual se mudó a Los Ángeles tras acabar la uni——, es jugador de los Lakers . He pensado que, a lo mejor, ella podría conseguirme un balón firmado por el equipo. Y no solo me lo ha confirmado, sino que su hermano ha sido el que me ha dicho que se encargará personalmente de mandarme el balón en dos días. Los adoro.

También he decidido comprarle los tres libros de la siguiente saga de Cazadores de Sombras que se quiere leer Alex, para que no se quede todo con un simple balón.

Llamo al timbre del piso de Alex sobre las siete de la tarde. Me ha invitado a cenar y a dormir con él. Aunque yo espero que no solo cenemos y durmamos, sinceramente. La puerta se abre y me recibe un Alex al que solo le cubre las caderas una toalla blanca.

——Hola ——saludo sonriendo un poco.

——Hola ——dice él atrayéndome por la cintura y dejando un beso en mis labios——. Deja la bolsa directamente en la habitación, si quieres.

——Vale.

Mientras él cierra la puerta, yo voy hacia su habitación. Huele a pizza por toda la casa. Dejo mi mochila en la silla del escritorio. Encima de éste veo unos papeles que llaman mi atención.

"TDAH y cómo tratarse."

"TDAH en pareja."

"Ansiedad."

Entonces recuerdo cuando me dijo que le gustaba investigar sobre las cosas. ¿Ha investigado sobre el TDAH, sobre cómo debe tratarme y sobre la ansiedad? El corazón me da un vuelco y hasta me entran ganas de llorar.

«No puedo llorar más, coño, que últimamente soy de lágrima fácil y nunca lo he sido.»

Salgo de la habitación con mi móvil en mano y voy a la cocina. Dejo mi móvil en la barra mientras lo veo sacar la pizza del horno.

Se ha cambiado la toalla por un pantalón corto de deporte. Inspiro con fuerza y las tripas se me remueven haciendo ruído. Alex se ríe y se gira para mirarme.

——Tienes hambre, ¿eh? ——dice mientras comienza a cortarla.

——Sí, muchísima. Aunque yo tengo hambre de pizza siempre.

Lo escucho reírse y yo sonrío mientras lo miro. Coloca la pizza en dos platos diferentes y los coge para venir hacia aquí. Yo agarro uno de los platos. Nos sentamos en el suelo como siempre, Alex enciende la tele y dejamos un canal en el que hacen un reality de baile bastante entretenido.

——Alex ——lo llamo cuando ya nos hemos terminado la pizza. Bueno, él se la ha terminado porque yo no puedo más con mi alma.

——Dime ——dice sentándose más cerca de mí.

——¿Has investigado el TDAH y la ansiedad? ——murmuro acariciando su mano, la cual está en mi rodilla.

Él me mira un poco avergonzado.

——Sí ——admite——. ¿Cómo lo sabes?

——Vi los papeles en tu escritorio. ——Lo escucho maldecir por lo bajo y yo sonrío un poco——. ¿Cuándo?

——Poco antes de ir a Las Vegas. Algunas noches leo alguna de las cosas que me imprimí...

Me muerdo el labio inferior reprimiendo una sonrisa tonta y acaricio su mejilla con suavidad. Él, como muchas veces, posa su mano encima de la mía y besa mi palma.

——Quería... Quiero ——se rectifica—— hacer las cosas bien contigo, Beth-Anne. Quiero que cuando estés conmigo no te pongas nerviosa y que estés cómoda en todo momento. No quiero ser como el resto de personas que te tratan como... bueno, ya sabes.

——Solo Susanne y mi abuela se han "educado" para saber cómo me siento y cómo tratar conmigo cuando tengo algún ataque, ya sea de ansiedad o cuando me enfado. Eres la primera persona fuera de mi familia que se informa para conocerme más. Y, joder, no sabes lo que te lo agradezco.

——Eres muy especial para mí, Beth-Anne ——me susurra mientras retira mi mano de su mejilla.

Me agarra de la cintura y me sienta encima de él a horcajadas. Yo abrazo su cuello y juntamos nuestras frentes.

——Y tú lo eres para mí, Alexander. Pero siento que estoy siendo una carga para ti ——admito.

——¿Qué tontería es esa?

——Nadie quiere a su lado a una bomba con manual de instrucc iones...

——No eres una bomba con manual de instrucciones, Beth-Anne ——murmura negando con la cabeza.

Yo despego mi frente de la suya, pero no me separo mucho más.

——No quiero pagar mis mierdas contigo, Alex. No quiero enfadarme contigo porque he tenido un mal día, o porque se me ha roto la suela del zapato, o por...

——Para eso me he informado, para saber cómo ayudarte con eso. Además, eso son casos aislados. Desde que he vuelto de Nueva York no hemos discutido ni una sola vez, no te has enfadado conmigo, y has tenido días malos. Date cuenta que mereces esto... Mereces tener a alguien a tu lado que te quiera y te respete.

——Jo, Alex... ——musito sintiendo como los ojos se me empañan por las lágrimas——. Eres una de las mejores personas que he conocido jamás, de verdad.

——No me lo digas mucho que me lo creo ——bromea haciéndome reír.

Con sus pulgares limpia las lágrimas que salen cuando parpadeo. Siento sus labios en mi frente, luego en mi nariz y, finalmente, en mis labios. Entierro mis dedos en su pelo y profundizo el beso abriendo la boca y dejando que nuestras lenguas se encuentren.

Podría afirmar que los labios de Alex están al nivel de la pizza y el chocolate.

Las manos de Alex bajan a mi espalda y se meten dentro de mi top, desabrochando el sujetador, y luego las saca de nuevo para sujetarme de la cintura. Siento un pequeño pinchazo de placer cuando me presiona contra él. Nuestros jadeos se entrelazan con nuestras lenguas mientras mis manos van hacia sus hombros desnudos.

Me quito el top por la cabeza llevándome con él el sujetador que acaba de desabrocharme. Sus manos bajan a mi trasero y me levanta un poco para poder tener mis pechos a la altura de su cara. Lame uno de ellos y muerde el pezón arrancándome un gemido de placer.

——Estaría toda la vida escuchándote gemir, Beth-Anne...

——Pues ya sabes lo que te toca ——bromeo en un susurro.

——Sí, ir a mi habitación a hacerte el amor.

Sin previo aviso, Alex se levanta del suelo con una facilidad sorprendente y camina conmigo hacia su dormitorio mientras besa mi cuello y amasa mi trasero a su antojo. Cuando llegamos, me deja con cuidado en la cama y, nada más apartarse de mí, se deshace de su pantalón. Y debajo no lleva nada. Absolutamente nada. Desabrocho mi jean y él se encarga de bajarlo junto a mis braguitas.

——Las mismas braguitas que llevabas el día del jacuzzi ——murmura Alex cuando me lo ha quitado del todo.

——¿Cómo te acuerdas? ——susurro mirándolo mientras abro mis piernas.

Alex gime agarrándose la erección.

——Ese día memoricé hasta el último de tus lunares.

Llevo mi mano a mi sexo y lo acaricio, comprobando que estoy totalmente lista para él. Alex suelta una especie de gruñido-gemido que me calienta aún más. Abre el cajón la mesita de noche y saca un preservativo. Aleluya. Lo abre rápidamente y se lo coloca.

——Te prometo que los preliminares serán más largos la siguiente ronda, pero ahora no puedo seguir ni un minuto más sin estar dentro de ti ——dice subiendo a la cama y colocándose encima de mí.

El corazón empieza a irme aún más rápido que hace medio segundo cuando coloca sus manos a los lados de mi cabeza. Lo siento por completo en mi entrada, como si me pidiera permiso. Yo lo miro a los ojos y creo que me entiende a la primera.

Se desliza lentamente en mi interior, provocándome una mezcla de placer y un poco de dolor que me encanta. Ambos gemimos al unísono hasta que acaba por llenarme por completo.

——Qué estrecha eres, Beth-Anne, joder ——susurra quedándose quieto unos segundos, algo que agradezco porque necesito acostumbrarme a su grosor.

A los pocos segundos, la retira poco a poco y, sin que me lo espere, me embiste con un poco más de rapidez y fuerza que antes.

——Alex ——gimo alto, arqueando mi espalda.

Y vuelve a hacerlo. Me embiste alternando la velocidad y la fuerza, volviéndome completamente loca de placer. Nuestros gemidos deben escucharse en todo el edificio y me da completamente igual. Cuando aminora la velocidad, lo agarro por las caderas y lo retiro de mí.

——¿Qué... qué haces? ——susurra entre jadeos.

No le respondo, solo me coloco a cuatro patas de espaldas a él y lo miro por encima de mi hombro. Echa su cabeza hacia atrás, frotándose la cara y lanzando un suspiro al aire. Yo muevo sutilmente mi trasero.

——Beth-Anne, maldita sea ——susurra poniéndose de rodillas y acariciando mi trasero——. Si pudieras verte desde esta perspectiva ... Joder.

Se coloca detrás de mi trasero y lo frota con su erección, más dura y caliente antes. Me sorprendo cuando me da un azote. Pero me sorprende más lo caliente que me ha puesto. Gimo echando mi cabeza hacia adelante y Alex recorre mi trasero con sus manos. Se agarra de mis caderas y me embiste con fuerza, haciéndome gritar de placer.

——¡Alex, sí!

——Dios, Beth-Anne, joder ——susurra y sigue maldiciendo por lo bajo.

Es gracioso y excitante a la vez que maldiga tantas veces cuando normalmente no suele hacerlo.

Sus embestidas se vuelven más bruscas, sus manos se agarran a mis hombros y me levanta un poco de modo que mi espalda queda pegada a su pecho. Se mueve de una forma rápida y dura con la que no voy a aguantar mucho más tiempo. Acaricia mis pechos y aprieta mis pezones con fuerza, a lo que yo lanzo un gemido que lo hace embestir más rápido si cabe.

——Estoy a... a punto, Alex ——digo como puedo.

——Y yo, joder, y yo.

Pocas embestidas más, llego al punto más alto al que jamás he llegado y lanzo un gemido casi sin fuerzas. Unas embestidas después, es Alex quién llega.

Me dejo caer en el colchón, respirando agitadamente, y veo a Alexander salir de la cama. Se mete en el baño que comunica con el dormitorio y vuelve al cabo de medio minutos sin el condón y con una toalla húmeda.

——Deja que te limpie ——pide en un susurro.

Yo asiento con la cabeza cerrando mis ojos e intentando respirar con normalidad, mientras él me limpia con la toalla. Deja un beso en mi pubis antes de dejar caer la toalla al suelo y tumbarse a mi lado. Lo abrazo por el torso y él, con conforme con eso, me agarra de la cintura y me tumba encima de él.

——Ha sido alucinante.

Yo me río y él también, haciéndome rebotar un poco pues su pecho se mueve arriba y abajo con su risa.

——Sí, lo ha sido. Me tiemblan las piernas aún ——admito en un susurro.

——Entonces es que he hecho un buen trabajo ——bromea haciéndome reír——. Venga, durmamos, preciosa.

——Sí, mejor.

15

Odio llegar tarde. Y menos a los lugares que me importan. Hoy es el cumpleaños de Alex debería haber llegado allí hace una hora. Pero mientras nos vestíamos con mi hermana, hemos tenido ciertos inconvenientes: Shane se ha presentado borracho a casa, se me ha roto el tacón mientras intentaba echarlo y cuando por fin hemos conseguido irnos, el taxi ha llegado tarde.

Joder.

Debo decir que estoy enfadada pero a la vez orgullosa de mí misma por no haberle lanzado el tacón a la cabeza a Shane ni de haber sufrido un ataque de ansiedad. No voy a negar que he estado a punto, pero he conseguido relajarme.

Llegamos a las diez y media al pub y, tras enseñar las entradas que Pharrell me dio ayer, nos guían hacia la zona privada. Nada más entrar en ella, podemos ver el montón de gente que hay. Algunos rostros conocidos y otros no tanto. El primero que se lleva mi atención es Pharrell, el cual baila encima de la barra.

——Ese es Pharrell ——le digo a mi hermana al oído.

——Madre mía ——dice con una carcajada.

——¡Beth!

Me giro cuando escucho ese grito entre la música y veo, muy cerca de mí, a Julen con una chica pelirroja muy guapa agarrada de su mano. Yo le sonrío y éste se acerca con la chica.

——Siento haber llegado tan tarde, hemos tenido unos cuantos problemas ——le digo, o más bien grito, cuando llega a mí.

——No te preocupes, mujer ——dice con una sonrisa——. Ella es mi prometida, Johanne. Cariño, ella es Beth y su hermana Susanne, si no me equivoco.

——Un placer, chicas ——dice ella sonriendo, inclinándose para besar nuestras mejillas.

——Igualmente, Johanne.

——Id a buscar algo para beber y venid a nuestra mesa si queréis ——nos dice Julen.

——Vale, ahora venimos, entonces.

——Estamos allí ——nos dice señalando una mesa de la esquina.

Nosotros asentimos con la cabeza y nos vamos hacia la barra. Mi hermana se pide un cubata bien cargado de ron y un chorrito de Coca Cola. Yo un refresco de limón. No puedo tomar alcohol. Vamos hacia la mesa en la que Julen y su novia están, y yo busco a Alex con la mirada.

——¿Habéis visto a Alex? ——pregunto a Julen mientras dejamos nuestros vasos en la mesa.

——Voy a ver si lo encuentro. Yo hace un rato que también lo busco ——dice Julen levantándose y mira a su chica——. ¿Te importa qued...?

——Deja de hacer preguntas tontas y vete, anda ——dice con diversión, empujándole.

——Yo te acompaño, así le doy a mi hermana su cartera ——dice Su, la cual trae la cartera de Rosanne en el bolso.

Julen besa los labios de Johanne y se va con Susanne. Johanne me mira. Y ahora que lo pienso, tenemos aquí a otra "Anne".

——Así que eres la hermana de Rose ——afirma, a lo que yo asiento con la cabeza——. Permíteme decirte que eres bastante más guapa.

Yo me río y le doy un trago a mi refresco.

——Muchas gracias, supongo.

——No hay de qué mujer ——dice con una sonrisa.

——¿Cuánto tiempo llevas con Julen?

——Uff, desde los quince años. Unos nueve, casi diez.

——¡Ala!

——Ya ves. ——Ríe.

Cuando quiero felicitarla por su compromiso, veo como se acercan a nosotras Julen y Alex. Éste último me busca con la mirada y, cuando me ve, sonríe ampliamente. Me levanto cuando está por llegar a mí y me bajo un poco el vestido. Al llegar a mí, lo abrazo por el cuello y él a mí por la cintura y, sin esperármelo, me besa en los labios. Y no precisamente un piquito.

——Feliz cumpleaños, guapo ——susurro en sus labios. Él los vuelve a besar pero de forma casta.

——Muchísimas gracias, Beth-Anne ——dice mientras se separa un poco de mí y me mira a los ojos——. Me tenías preocupado, te he estado llamando.

——He tenido unos problemillas, pero todo solucionado. Ya estoy aquí.

——¿Todo bien? ——pregunta preocupado. Yo sonrío para tranquilizarlo.

——Todo de maravilla, te lo prometo.

——Me quedo muchísimo más tranquilo ——me asegura dejando un beso en mi nariz——. Ya me he encontrado con Su y me ha felicitado.

——Perfecto. ——Sonrío——. Mañana te daré mi regalo.

——¿Qué es? Porque yo me conformo con esto ——dice apretándome un poco más la cintura y juntándome contra él. Yo me río un poco.

——Ya lo verás.

——¿Vienes conmigo? ——pregunta agarrándome de la mano.

——¿Dónde?

——A bailar. Es mi cumpleaños, es una obligación bailar con el cumpleañero.

Suelto una risa y asiento con la cabeza. No me deja ni despedirme de Johanne y Julen porque tira de mí y nos mete entre la gente de la sala.

Anoche la cosa se desmadró un poco, especialmente con Alex, que se emborrachó hasta acabar vomitando en los baños de la discoteca. Jamás lo había visto así y me preocupé, pero también me hizo un poco de gracia, lo admito. Con Susanne lo llevamos a su casa, y yo me quedé a dormir por si acaso. Y porque quería.

Cuando me despierto, me voy de su casa llevándome sus llaves para luego entrar sin despertarlo. Llego a mi casa en pocos minutos y, tras ponerle comida y darle mimitos a Lincoln, me doy una ducha rápida y me visto con ropa limpia. Cojo una muda de ropa cómoda para estar por casa y los regalos de Alex, y me voy hacia su casa otra vez.

Al llegar, intento hacerlo lo más sigilosa que puedo. Dejo las cosas en el salón y me asomo al dormitorio. Sigue dormido en la misma posición que antes. Ya es hora de almorzar, así que decido hacer algo para comer. Miro qué tiene en la nevera y puedo comprobar que, prácticamente, tiene de todo.

Decido hacer un poco de pasta a la carbonara y pechuga de pollo rebozada.

Cuando termino los espaguetis a la carbonara y los estoy sirviendo en dos platos, escucho la puerta de la habitación cerrarse, seguido de los pasos de unos pies descalzos. Me apoyo en la barra y veo a Alex acercarse.

——Buenos días, cumpleañero ——digo divertida. Él me mira un poco avergonzado.

——Lo siento mucho, Beth-Anne...

——¿Por qué? ——pregunto mirándolo.

Él rodea la barra para entrar en la cocina y viene hacia mí. Yo me cuelgo de su cuello y él agarra mi cintura. Se ha lavado los dientes, se le nota en el aliento.

——Anoche bebí mucho y...

——No pasa nada ——lo interrumpo——. Era el día de tu cumpleaños, te lo estabas pasando bien. No tiene nada de malo, Alex.

——Siento que tuvieras que verme así. No bebo casi nunca y cuando lo hago, se me va de las manos.

——Estoy de acuerdo con que deberías controlar un poco, pero te lo estabas pasando tan bien, Alex... ——murmuro con una sonrisita——. Estabas disfrutando y me alegré tantísimo.

——Que poco merezco que estés aquí ——susurra antes de besarme los labios de una forma lenta y suave——. Muchas gracias.

——No hay de qué. He hecho espaguetis a la carbonara y pechuga de pollo rebozada. Pero si quieres puedes dejarlo para...

——Oh, no. Estoy muerto de hambre ——murmura apartándome para ver la comida. Yo me río cuando gime——. Qué bien huele.

——Pues venga, a comer.

Comemos mientras hablamos y bromeamos de cualquier cosas, ambos sentados en el suelo del salón mientras escuchamos la tele de fondo. He intentado evitar el porqué llegué tarde ayer unas cuantas veces, pero, cuando acabamos de comer, insiste aún más.

——Por favor, dímelo ——pide de nuevo.

——Solo... Shane vino borracho a casa y tardamos en librarnos de él.

——¡¿Cómo?!

——Sí, pero ya está. Se fue y todo bien.

——Todo bien no, Beth-Anne. ¿Y si vuelve? ¿Y si te hace algo?

——Si viene le abriré la cabeza con el zapato como casi hago ayer. O, si lo prefieres, te llamaré a ti ——digo acariciando la mano que tiene en mi pierna.

——Prométemelo ——Me señala——. Lo de que me llamarás, no lo de que le abrirás la cabeza.

——Te prometo ambas.

Sonríe negando con la cabeza y besa mi frente, seguido de mis labios. Mientras él va a dejar los platos y cubiertos en la cocina, yo voy a por la caja en la que tengo sus tres libros y el balón, y me siento de nuevo en el suelo.

——¿Y eso? ——pregunta Alex sentándose a mi lado. Yo me giro hacia él.

——Tus regalos.

——¿Plural?

——Plural. No mires, un momento ——le digo mientras abro la caja de forma que él no pueda ver——. Este es el pequeño, digamos. Aunque espero que también te guste. Es algo mínimo, pero...

——Dámelo ya y calla, Beth-Anne. ¿No sabes aún que me des lo que me des, a mí me va a gustar?

Yo sonrío mirándolo y él me mira insistente. Le doy los libros que no están envueltos, pero sí apilados y con un lacito que me dio la señora Martin. Lo veo sonreír ampliamente mientras los mira uno a uno.

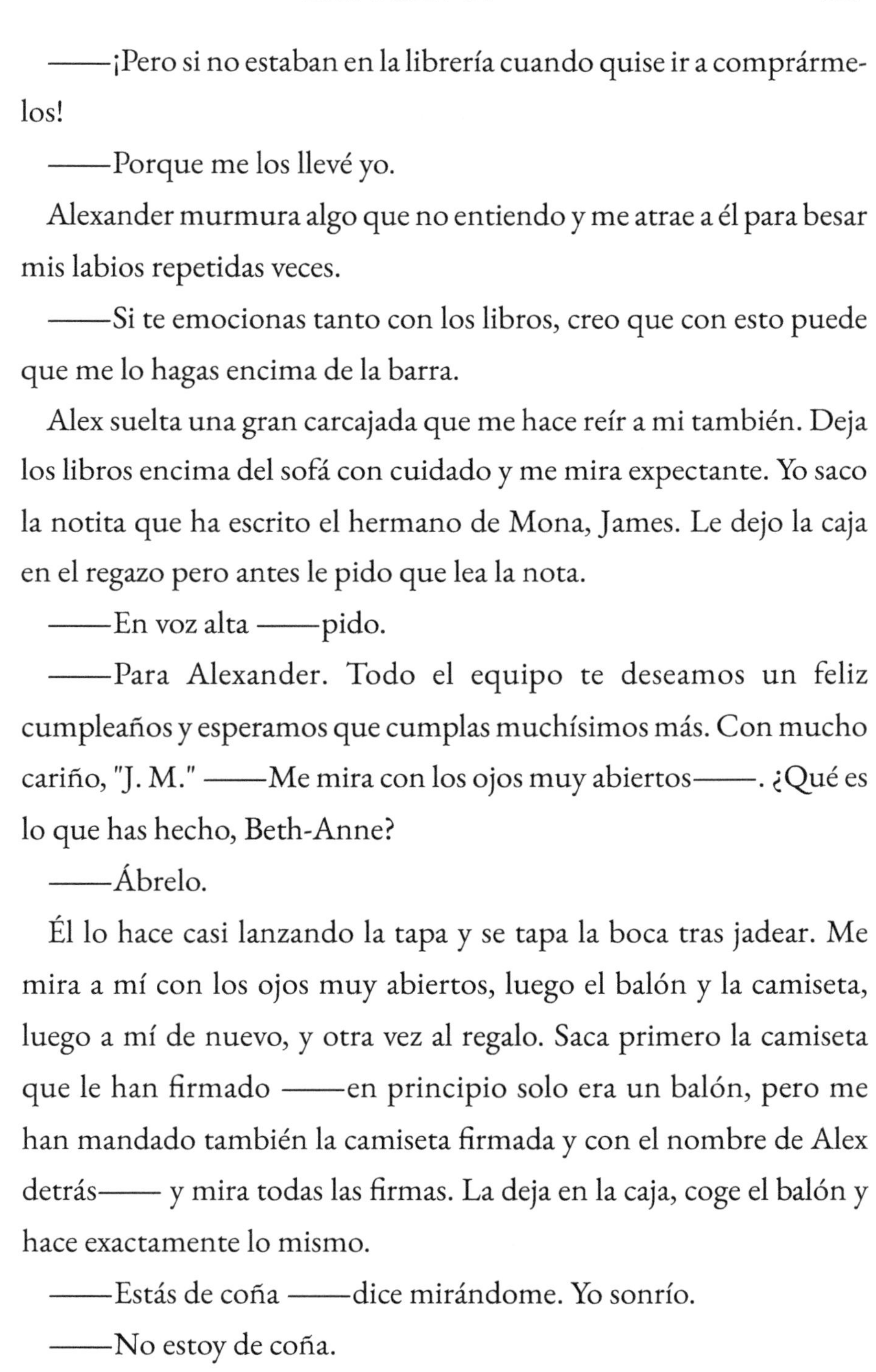

——¡Pero si no estaban en la librería cuando quise ir a comprármelos!

——Porque me los llevé yo.

Alexander murmura algo que no entiendo y me atrae a él para besar mis labios repetidas veces.

——Si te emocionas tanto con los libros, creo que con esto puede que me lo hagas encima de la barra.

Alex suelta una gran carcajada que me hace reír a mi también. Deja los libros encima del sofá con cuidado y me mira expectante. Yo saco la notita que ha escrito el hermano de Mona, James. Le dejo la caja en el regazo pero antes le pido que lea la nota.

——En voz alta ——pido.

——Para Alexander. Todo el equipo te deseamos un feliz cumpleaños y esperamos que cumplas muchísimos más. Con mucho cariño, "J. M." ——Me mira con los ojos muy abiertos——. ¿Qué es lo que has hecho, Beth-Anne?

——Ábrelo.

Él lo hace casi lanzando la tapa y se tapa la boca tras jadear. Me mira a mí con los ojos muy abiertos, luego el balón y la camiseta, luego a mí de nuevo, y otra vez al regalo. Saca primero la camiseta que le han firmado ——en principio solo era un balón, pero me han mandado también la camiseta firmada y con el nombre de Alex detrás—— y mira todas las firmas. La deja en la caja, coge el balón y hace exactamente lo mismo.

——Estás de coña ——dice mirándome. Yo sonrío.

——No estoy de coña.

——Pero esto... ¡Joder, Beth-Anne!

Suelto una carcajada cuando lo veo apartar rápidamente la caja y dejarla en el sofá junto a los libros.

——No te equivocabas ni un pelo cuando has dicho que te lo haría en la barra.

16

No sé cuánto tiempo pasa después de terminar de almorzar que la puerta de mi despacho se abre y por ella aparece mi hermana. Miro la hora en el ordenador y veo que son las tres menos cinco. Bueno, puedo empezar el descanso cinco minutos antes.

——Hola, guapita de cara ——dice retirando la silla y sentándose en ella.

——Hola ——canturreo apartando el ordenador.

Apoyo mis codos en el escritorio y la miro sonriendo. Ella me sonríe aún más.

——Me gusta verte así.

——¿Así como?

——Feliz ——responde——. Y si tú estás feliz, yo estoy feliz. Pero no estaré feliz si no me dices cuál ha sido el detonante de dicha felicidad. Así que, si quieres verme feliz, ya sabes.

——He perdido la cuenta de cuántas veces has dicho "feliz" ——digo con diversión.

——¡Suéltalo! ——exclama mirándome con insistencia y sonriendo ampliamente.

——Prométeme que no se lo dirás a nadie y que no gritarás. ——Alzo mi dedo meñique y ella lo entrelaza con el suyo.

——Te lo prometo.

——Estoy saliendo con alguien. Bueno, no es nada serio de momento, pero algo hay ——murmuro con una leve sonrisa. Ella abre su boca sorprendida.

——¿Quién es? ——pregunta. Yo alzo las cejas, intentando parecer misteriosa——. Ah, quieres jugar, eh. Venga, dame una pista.

——Vive cerca.

——Anda ya, dime más.

——Es el mejor amigo de alguien a quién conocemos mucho.

——Dame más, Beth-Anne Foster ——protesta.

——Hace dos semanas fuimos a su fiesta de cumpleaños ——digo rápidamente sabiendo que ya va a adivinarlo.

——¡Anda ya! ——exclama tapándose la boca. Se inclina hacia adelante para mirarme más de cerca——. ¿Estás con Alex?

——Sí ——murmuro notando como mis mejillas se calientan.

——¡Qué fuerte! Madre mía. Oh, Dios.

Yo me río.

——No lo digas a nadie y menos a Rosanne.

——No voy a decir nada ——se apresura a decir——. Dios mío, estoy flipando contigo. ¿Os habéis acostado? Espero que sea respetuoso, porque voy a patearle el culo como no lo haga. ¿Besa bien? Tiene pinta de hacerlo.

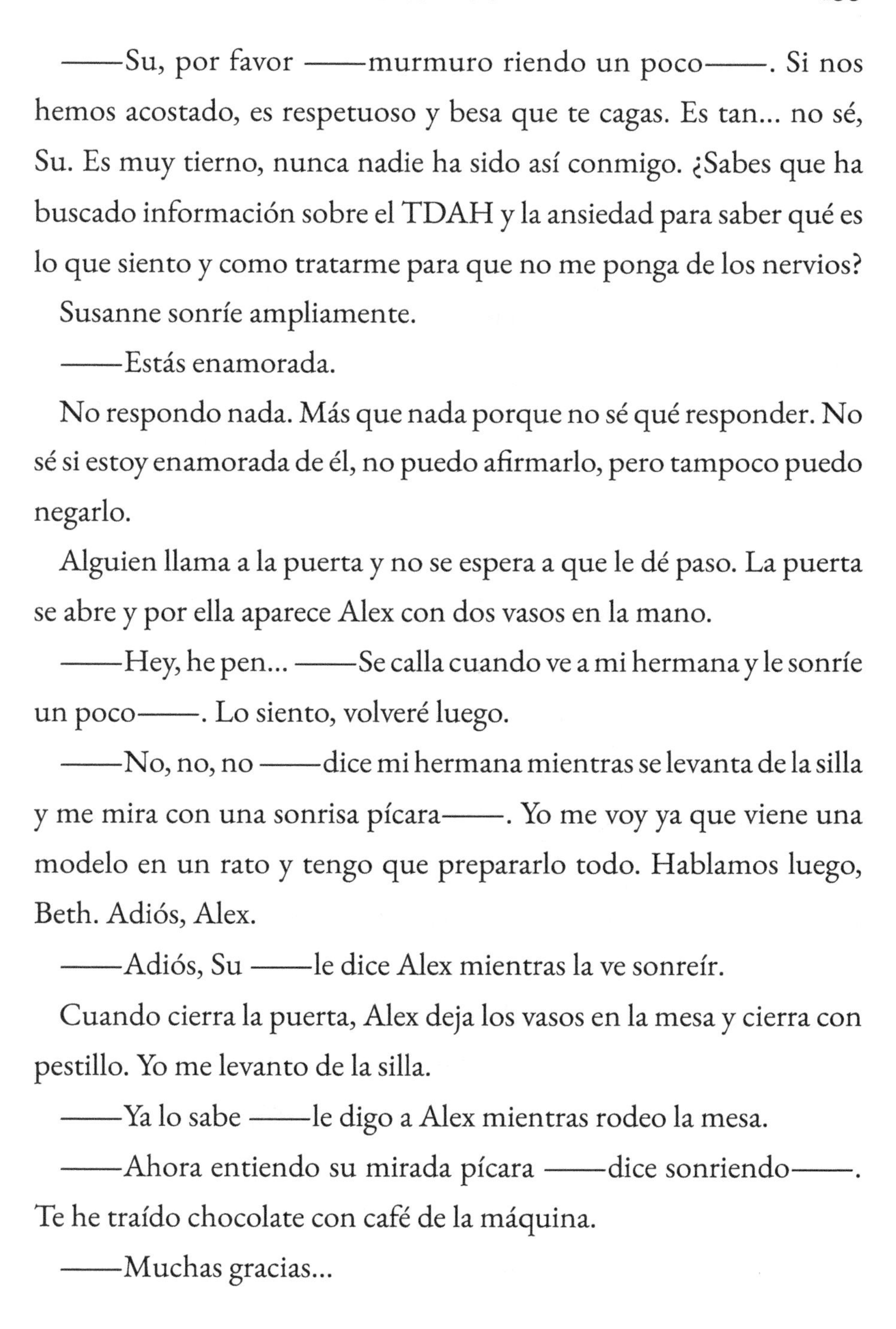

——Su, por favor ——murmuro riendo un poco——. Si nos hemos acostado, es respetuoso y besa que te cagas. Es tan... no sé, Su. Es muy tierno, nunca nadie ha sido así conmigo. ¿Sabes que ha buscado información sobre el TDAH y la ansiedad para saber qué es lo que siento y como tratarme para que no me ponga de los nervios?

Susanne sonríe ampliamente.

——Estás enamorada.

No respondo nada. Más que nada porque no sé qué responder. No sé si estoy enamorada de él, no puedo afirmarlo, pero tampoco puedo negarlo.

Alguien llama a la puerta y no se espera a que le dé paso. La puerta se abre y por ella aparece Alex con dos vasos en la mano.

——Hey, he pen... ——Se calla cuando ve a mi hermana y le sonríe un poco——. Lo siento, volveré luego.

——No, no, no ——dice mi hermana mientras se levanta de la silla y me mira con una sonrisa pícara——. Yo me voy ya que viene una modelo en un rato y tengo que prepararlo todo. Hablamos luego, Beth. Adiós, Alex.

——Adiós, Su ——le dice Alex mientras la ve sonreír.

Cuando cierra la puerta, Alex deja los vasos en la mesa y cierra con pestillo. Yo me levanto de la silla.

——Ya lo sabe ——le digo a Alex mientras rodeo la mesa.

——Ahora entiendo su mirada pícara ——dice sonriendo——. Te he traído chocolate con café de la máquina.

——Muchas gracias...

Apoyo mi trasero en el escritorio y lo agarro de la camiseta para atraerlo a mí. Sus labios capturan los míos mientras sus manos se aferran a mi cintura. Sonrío en sus labios cuando me mordisquea los míos.

——Hace una semana que no duermes conmigo... ¿Duermes conmigo en mi casa? ——dice en mis labios, acariciando mi espalda con sus manos.

——Me parece genial.

Mi móvil suena en una llamada y Alex protesta enterrando su rostro en mi cuello. Alargo mi brazo hacia el móvil y veo que es mi padre. Descuelgo la llamada y me pongo el móvil a la oreja.

——Hola, papá ——respondo. Alex deja un sendero de besos por mi cuello.

——Hola, cielo. Necesito tu ayuda.

——¿En qué?

——Eres la persona más buena que conozco organizando las cosas a toda velocidad. Necesito que me ayudes a organizar los contratos por orden alfabético y según el departamento. Se me ha caído todo al suelo y... es todo un lío.

——Ahora subiré y te ayudaré, papá.

——Muchas gracias, cariño. Mañana te traigo un bollo de chocolate de esos que te gustan tanto ——dice animado. Yo me río.

——Hasta ahora.

Cuelgo el teléfono y sujeto a Alex por las mejillas y lo alejo de mi cuello. Besa mis labios y me mira con una sonrisa.

—Tengo que ir a ayudar a mi padre —digo acariciando sus mejillas—. ¿Nos vemos en tu casa a las siete?

—Mejor te paso a buscar por tu casa cuando termine.

—Vale, perfecto.

Cojo mi móvil y mi chocolate con café y nos vamos los dos hacia la puerta. Me besa repetidas veces en los labios y salimos del despacho. Lo cierro con llave y subo rápidamente por las escaleras hasta el despacho de papá. Antes de entrar, le doy un trago al chocolate con café. Dios mío, qué delicia.

—Vaya una tienes montada, papá —digo al entrar cuando veo un montón de papeles en la mesa.

—Soy un desastre.

Me explica como quiere organizar los contratos mientras saca carpetas negras con nombres de los departamentos y de más.

—Aquí pones todos los que tengan el sello de color verde. Son los que se van a Los Ángeles el mes que viene —me dice mientras me da una carpeta verde.

—¿Se van muchos?

—Algunos, sí, pero ya hemos encontrado sustitutos.

—Genial.

Ambos comenzamos a organizar los contratos escuchando música que papá pone en su ordenador. Doy gracias porque su gusto musical es parecido al mío. Mi padre canta por lo bajo y, de vez en cuando, finge que toca la guitarra. Madre mía, qué panorama. Es para grabarlo.

Uno de los contratos que cojo con el sello verde llama mi atención.

"Alexander Dawson Duch —— Departamento de redacción (deportiva)".

El corazón me sube a la garganta y miro a mi padre.

——¿Alex se va a Los Ángeles? ——pregunto intentando que mi voz no salga temblorosa.

——Sí. Me lo pidió él mismo. Pensé que él sería de los que se quedaría.

——¿Para cuánto tiempo?

——Tiene contrato de un año con opción de alargarlo o de volver si así quiere. Su sustituto también tiene el contrato de un año.

Yo asiento con la cabeza y dejo el contrato en la carpeta verdad. Me froto la cara con las manos e intento controlar mi respiración.

«Ahora no...»

——Papá, ¿crees que puedes acabar tú? Necesito ir al baño.

——Claro, cariño. Muchas gracias por ayudarme, de verdad.

Salgo del despacho a toda prisa y me encierro en el baño más cercano. Respiro profundamente mientras me miro en el espejo, luchando porque las lágrimas no salgan.

——Tranquilízate ——susurro mirándome en el espejo——. Puede que sea un error. Puede que haya otro Alexander Dawson Duch. Puede que... puede que...

Suspiro sonoramente y agacho mi cabeza para refrescarme la cara con agua. Veo como una mujer sale de uno de los baños y me mira como si tuviese cinco cabezas. Alzo mis cejas en su dirección, con la cara chorreando de agua.

——¿Qué?

Ella se va casi corriendo. Debe pensar que me he vuelto loca. Y a lo mejor así es.

El timbre de mi casa suena y pulso el botón para abrir. Dejo la puerta abierta para cuando Alexander suba y voy hacia el sofá. Me siento en el respaldo esperándolo. Escucho como se cierra la puerta, seguido de sus pasos hacia aquí.

——¿Estás lista? ——pregunta con una sonrisa mientras se acerca a mí. Su expresión cambia por completo——. ¿Te ha pasado algo? ¿Estás bien?

——¿Pensabas decirme que te ibas a Los Ángeles antes de irte o cuando ya llevaras allí un mes?

Alex suspira sonoramente y se echa el pelo hacia atrás. Éste vuelve a caerle por la frente.

——Te juro que iba a decírtelo esta semana, Beth-Anne...

——¿Ibas a decírmelo esta semana? ¿¡Esta semana!? ¿Por qué coño no me dijiste que querías irte a Los Ángeles? ¡¿Qué te costaba, joder?!

——Beth-Anne...

——No. Me. Toques ——advierto al ver que acerca sus manos a mi rostro.

——Por favor, déjame explicarte.

——Venga ——insisto, cruzándome de brazos.

——Han decidido que Lydia siga su tratamiento en Los Ángeles porque en el hospital de aquí les faltan recursos. Mis padres no pueden irse allí, así que me han pedido que sea yo quien la acompañe.

Suspiro frotándome la cara con las manos un par de veces.

Lydia tiene una enfermedad rara que cuesta mucho de tratar. Le duelen mucho las articulaciones, hay días que no se puede ni mover, y hace un año que está probando un tratamiento nuevo que, por lo visto, no le está funcionado.

——¿Qué te costaba? ——digo intentando no alterarme——. Te vas en tres putas semanas, Alexander. ¿Desde cuándo lo sabes?

——El día después de que lo anunciaran a los empleados ——admite.

——¡Dos meses! ¡¿Estás de coña?!

——Lo siento, Beth-Anne, no supe cómo decírtelo.

——"Beth-Anne, me voy a Los Ángeles un puto año". Así me lo deberías de haber dicho.

——No quería que esto terminara sin que siquiera hubiera com enzado... ——murmura señalándonos——. Estoy tan bien contigo que no quería que se estropeara todo.

——No se habría estropeado nada si me lo hubieses dicho. Me parece de puta madre que te vayas por tu hermana, yo también lo haría por la mía. Pero deberías habérmelo dicho cuando te enteraste o al menos cuando comenzamos a tener algo más "sentimental" ——digo haciendo comillas, intentando no alterarme.

——Lo sé, Beth-Anne... ——Suspira——. Lo siento mucho, de verdad.

——¿Te importaría irte?

——Pero...

——Por favor, Alexander. Estoy intentando controlar y lo estoy consiguiendo, así que vete, por favor. No creo que pueda hacerlo contigo aquí ——digo mientras respiro profundamente.

Alexander me mira dudoso y con tristeza, pero aún así asiente con la cabeza. Se acerca a mí con la intención de besarme pero no le dejo. Pongo las manos en su pecho y niego con la cabeza.

——Beth-Anne... ——suplica en un murmuro.

——Vate ——pido susurrando.

17

Me han hecho falta dos días para pensar en frío lo de Alexander. Me duele que se vaya, por supuesto, pero sé que es por su hermana por lo que el dolor es un poco más tenue. Pero lo que más me ha dolido ha sido que no me lo haya dicho. Quedan solo tres semanas para que tenga que irse durante un año como mínimo. No le costaba una mierda decírmelo y más si de verdad siente algo por mí.

He llorado. Mucho. Es la forma perfecta de desahogarme sin romper cosas. Ayer no fui al trabajo, preferí ahorrarme la vergüenza de echarme a llorar por la mínima cosa que ocurriera. Trabajé desde casa con la excusa de que me encontraba mal, pero mi hermana no se lo creyó, más que nada porque hoy tampoco he ido al trabajo.

Siento a mi hermana tumbarse en la cama conmigo y abrazarme por la espalda.

——He hablado con Alex ——susurra.

——No tenías por qué...

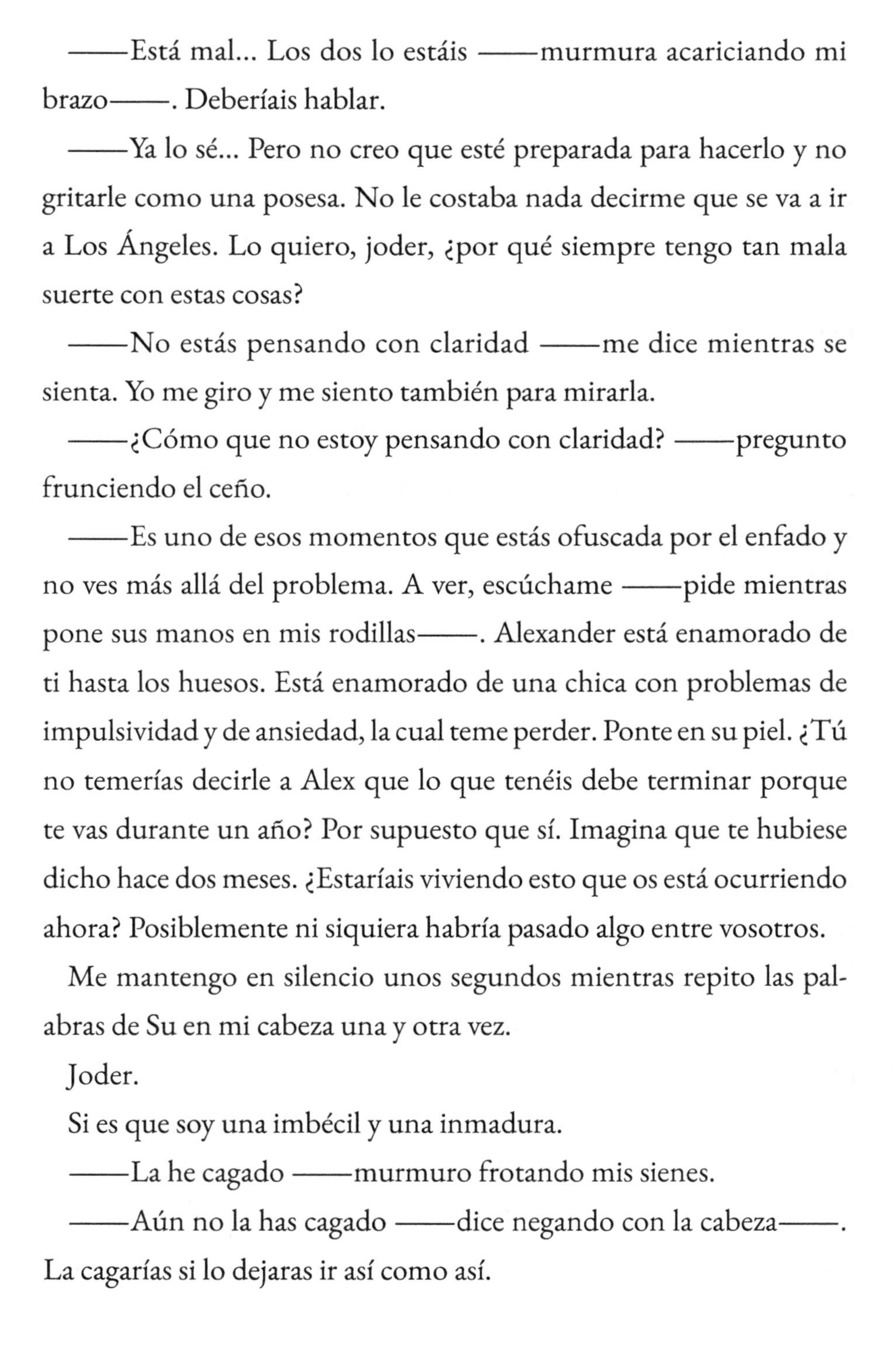

——Está mal... Los dos lo estáis ——murmura acariciando mi brazo——. Deberíais hablar.

——Ya lo sé... Pero no creo que esté preparada para hacerlo y no gritarle como una posesa. No le costaba nada decirme que se va a ir a Los Ángeles. Lo quiero, joder, ¿por qué siempre tengo tan mala suerte con estas cosas?

——No estás pensando con claridad ——me dice mientras se sienta. Yo me giro y me siento también para mirarla.

——¿Cómo que no estoy pensando con claridad? ——pregunto frunciendo el ceño.

——Es uno de esos momentos que estás ofuscada por el enfado y no ves más allá del problema. A ver, escúchame ——pide mientras pone sus manos en mis rodillas——. Alexander está enamorado de ti hasta los huesos. Está enamorado de una chica con problemas de impulsividad y de ansiedad, la cual teme perder. Ponte en su piel. ¿Tú no temerías decirle a Alex que lo que tenéis debe terminar porque te vas durante un año? Por supuesto que sí. Imagina que te hubiese dicho hace dos meses. ¿Estaríais viviendo esto que os está ocurriendo ahora? Posiblemente ni siquiera habría pasado algo entre vosotros.

Me mantengo en silencio unos segundos mientras repito las palabras de Su en mi cabeza una y otra vez.

Joder.

Si es que soy una imbécil y una inmadura.

——La he cagado ——murmuro frotando mis sienes.

——Aún no la has cagado ——dice negando con la cabeza——. La cagarías si lo dejaras ir así como así.

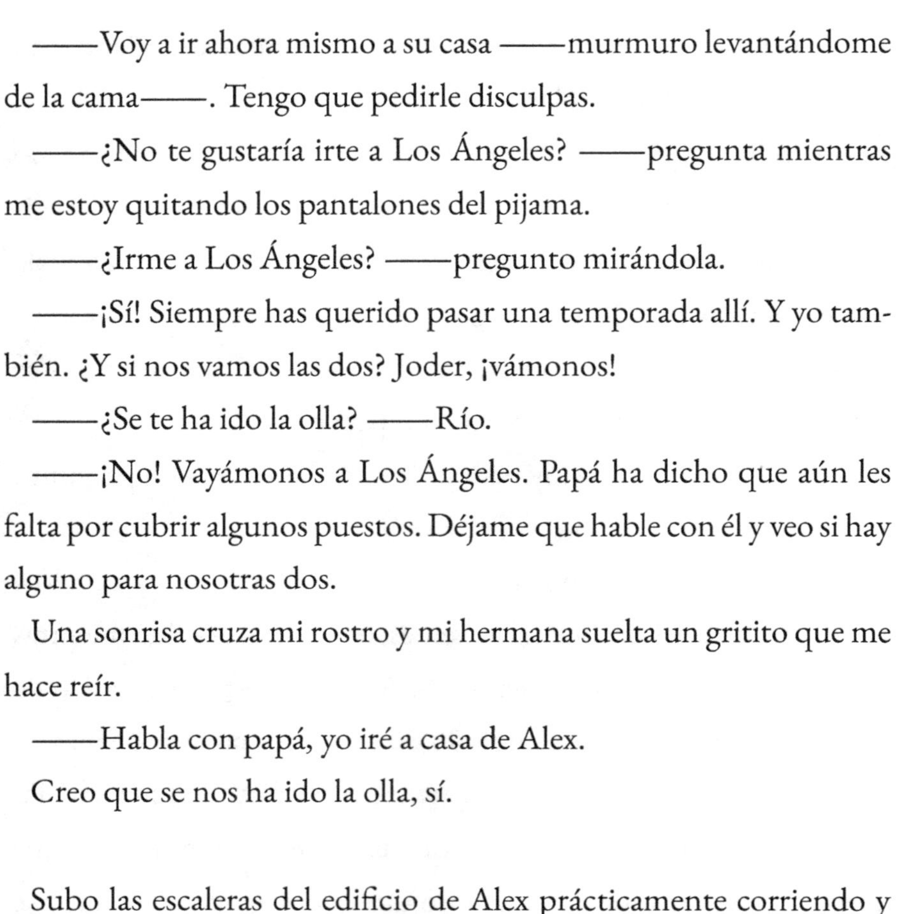

——Voy a ir ahora mismo a su casa ——murmuro levantándome de la cama——. Tengo que pedirle disculpas.

——¿No te gustaría irte a Los Ángeles? ——pregunta mientras me estoy quitando los pantalones del pijama.

——¿Irme a Los Ángeles? ——pregunto mirándola.

——¡Sí! Siempre has querido pasar una temporada allí. Y yo también. ¿Y si nos vamos las dos? Joder, ¡vámonos!

——¿Se te ha ido la olla? ——Río.

——¡No! Vayámonos a Los Ángeles. Papá ha dicho que aún les falta por cubrir algunos puestos. Déjame que hable con él y veo si hay alguno para nosotras dos.

Una sonrisa cruza mi rostro y mi hermana suelta un gritito que me hace reír.

——Habla con papá, yo iré a casa de Alex.

Creo que se nos ha ido la olla, sí.

Subo las escaleras del edificio de Alex prácticamente corriendo y cuando llego a su piso, acalorada y cansada, veo que la puerta está entornada. Qué raro. Cuando quiero abrirla, escucho la voz de mi hermana Rosanne.

——¿Pero tú eres tonto o te lo haces, Alex, tío? ¡No está bien de la cabeza! ¿Cómo se te ocurre acostarte con mi hermana?

——No digas que no está bien de la cabeza porque está bastante más cuerda que tú ——escucho decir a Alex entre dientes.

——No te creo, joder. Recapacita. Lo mejor que puedes hacer es olvidarte de ella porque te va a hacer daño. Es una puta bomba de relojería que te va a explotar en la cara en cualquier momento y te va a dejar hecho una puta mierda. ¿Es que no lo has visto ya? ¡Mira como estás por ella! Por una puta rabieta suya. Lo que toca, lo jode, ¡date cuenta!

——O dejas hablar de Beth-Anne de esta forma o ya te puedes ir olvidándote de mí, Rosanne. Vete de aquí y no asomes más la cabeza, no te quiero ver cerca. La inseguridad que arrastra tu hermana es en parte por tu culpa, porque no te has esforzado en saber cómo es y en cómo se siente. Es una de las mejores personas que he conocido jamás.

——Estás ciego, Alex ——murmura mi hermana.

Limpio las lágrimas que han bajado por mi mejillas y respiro profundamente. Escucho a Alex gritarle a mi hermana que se vaya y yo... no sé qué hacer. Acabo corriendo hacia la escalera que sube hacia el piso de arriba y me escondo allí. Cuando escucho a mi hermana cerrar con un portazo e irse, salgo poco a poco y voy hacia la puerta de Alex. Llamo al timbre cuando me he asegurado que Rosanne ya se ha metido en el ascensor.

——¡No quiero hablar contigo ahora, Ros...!

Sus palabras quedan en el aire cuando abre y ve que soy yo. Sus ojos están un poco enrojecidos.

——Beth-Anne...

——Lo siento muchísimo, Alexander ——susurro notando como mi labio inferior tiembla——. Soy una imbécil y entenderé si ya no quieres verme el pelo más. Rosanne tiene razón, soy una bomba, una inestable y u...

No me deja de terminar de hablar porque me atrae a él y besa mis labios. De una forma casi desesperada.

——No llores ——pide en un susurro.

——Perdona...

Me hace entrar en su casa y cierra la puerta con el pie. Acuna mis mejillas mientras me apoya en la puerta y me mira a los ojos.

——¿Nos has escuchado?

——Una parte ——admito asintiendo con la cabeza. Él suspira y apoya su frente con la mía.

——Tu hermana no tiene ni puta idea de lo que dice. No la había escuchado decir tantas barbaridades en mi vida. No quiero que creas toda esa basura que ha salido por su boca, porque no es verdad. Todos somos una bomba, algunos tenemos la mecha más larga y otros más corta. Todos haremos daño a quiénes queremos alguna vez en la vida porque es algo normal que pasa siempre. Y... joder, no llores.

Suelto una pequeña risa mientras me limpio las lágrimas y Alex besa mi frente.

——Te quiero tanto, Alexander. No te haces a la idea ——susurro rozando mi nariz con la suya.

——Tú no te haces a la idea de lo enamorado que estoy de ti, Beth-Anne, de verdad. Y te prometo que voy a hacer que esto funcione. Solo es un año, te lo prometo. Luego volveré y podremos...

——Quiero irme contigo ——murmuro acariciando sus mejillas. Él me mira a los ojos.

——¿Quieres venir conmigo a Los Ángeles?

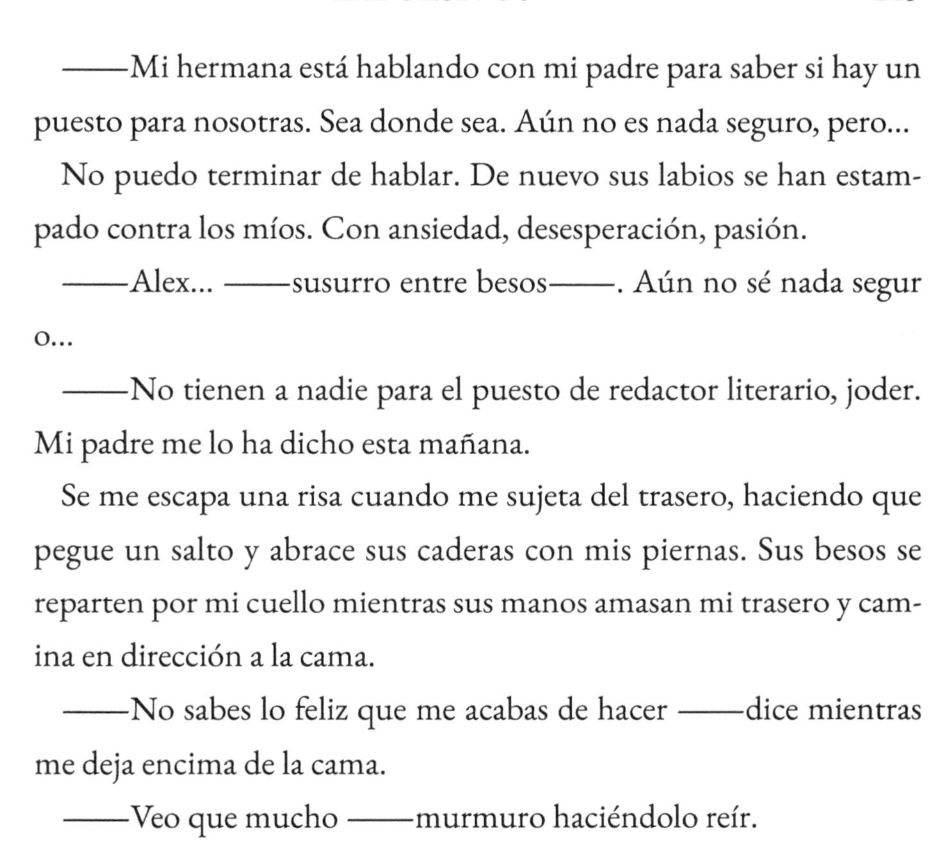

——Mi hermana está hablando con mi padre para saber si hay un puesto para nosotras. Sea donde sea. Aún no es nada seguro, pero...

No puedo terminar de hablar. De nuevo sus labios se han estampado contra los míos. Con ansiedad, desesperación, pasión.

——Alex... ——susurro entre besos——. Aún no sé nada segur
o...

——No tienen a nadie para el puesto de redactor literario, joder. Mi padre me lo ha dicho esta mañana.

Se me escapa una risa cuando me sujeta del trasero, haciendo que pegue un salto y abrace sus caderas con mis piernas. Sus besos se reparten por mi cuello mientras sus manos amasan mi trasero y camina en dirección a la cama.

——No sabes lo feliz que me acabas de hacer ——dice mientras me deja encima de la cama.

——Veo que mucho ——murmuro haciéndolo reír.

Epílogo

ALEXANDER

Un año y medio después...

Si me llegan a decir hace un par de años que hoy estaría tumbado en una cama, dentro de una cúpula transparente, viendo las auroras boreales en Reikiavik, Islandia, con Beth-Anne Foster, probablemente me hubiese reído. Y mucho.

Hace dos meses que Beth-Anne cumplió veintitrés años y decidí regalarle un viaje donde ella quisiera. Ella eligió Islandia para que yo pudiera ver una puñetera aurora boreal. No eligió París, que es la ciudad que más ganas tiene de visitar, o Barcelona de la que no deja de hablar desde hace meses. No, eligió Reikiavik por mí.

Y, bueno, podríamos decir que la impulsividad de Beth-Anne ha sido transferida a mí porque últimamente actúo sin pensar. Aunque, de momento, no puedo quejarme porque no me ha salido mal actuando de esta forma.

Con decir que le pedí matrimonio a Beth-Anne cuando decidió que iríamos a Islandia... Primero se rió pensando que lo decía de broma. Después me llamó loco. Y acto seguido dijo que quería casarse conmigo pero que no me motivara que no quería casarse pronto. Yo tampoco quiero casarme pronto, pero fue un impulso. Y no me arrepiento, suena de puta madre presentarla como "mi prometida" a mis amigos o familiares que no la conocen. Pero aún más me gusta como suena cuando ella dice que soy su prometido. Me vienen ganas de agarrarla de la cara y comérmela a besos. Y más cosas.

——He pensado una cosa ——murmura Beth-Anne mientras entrelaza sus dedos con los míos, sin dejar de mirar hacia el cielo.

——¿Qué cosa?

——En dos semanas vamos a Las Vegas a celebrar el cumpleaños de Pharrell ——afirma.

——Efectivamente.

——¿Y si nos casamos allí?

Yo me giro mirándola y ella se gira también. Está sonriendo, pero no bromea.

——¿Lo dices en serio?

——Tú vestido de Elvis Presley y yo de Marilyn Monroe. ¿Qué me dices? ——murmura con una sonrisa.

Sonrío ampliamente, aguantándome la risa.

——Estaré encantado de casarme contigo en Las Vegas.

Beth-Anne suelta una risa y se sube a horcajadas encima de mí.

——No estamos muy bien de la azotea.

——No me importa mucho ——murmuro atrayéndola a mí.

CPSIA information can be obtained
at www.ICGtesting.com
Printed in the USA
LVHW042015130123
736977LV00013B/950

9 781837 617234